照れ降れ長屋風聞帖【十二】

初鯨

坂岡真

双葉文庫

目次

※本書は２００９年５月に小社より刊行された作品に
加筆修正を加えた「新装版」です。

流し雛《びな》

一

幕令によって、椋鳥《むくどり》と呼ばれる出稼人の帰郷は弥生《やよい》三日の桃の節句と定められたが、信濃《しなの》の在からやってきた「お信濃《しな》」と呼ばれる農民たちは雪解けの如月《きさらぎ》二日を出代《でが》わりの日ときめていた。それは長年の習慣で、出代わりの日は朝早くから日本橋《にほんばし》周辺に大勢の出稼人たちが集まってきた。

「江戸といったら日本橋さ。今生《こんじよう》の見納めになるかもしれねえ」

そんな気分でやってくる者が後を絶たず、南詰の高札場《こうさつば》前も人で埋まるほどごった返している。

なるほど、これならかえって他人の目につきにくい。

清次《せいじ》は高札場の端に立ち、四半刻（三十分）前から人を待っていた。

通りを挟んで対面《トイメン》には晒《さら》し場があり、莚《むしろ》のうえには黒髪を乱した若い女が晒されている。

「十九だってよ。相手の侍は死んじまったらしいぜ」

「そりゃそうだろう。晒されていねえんだからな」

「侍ってのは、紀州《きしゆう》新宮藩《しんぐうはん》の日置《ひおき》なんたらっていうお偉いさんの次男坊よ。二十歳《はたち》を過ぎても部屋住みでな、気に入らねえことがあるってえと、すぐに刀を抜きさらす。無頼を気取った放蕩者《ほうとうもの》だったとか」

「やけに詳しいじゃねえか」

「あたりめえだ。おれは渡り中間《ちゆうげん》よ。新宮藩の牛込屋敷《うしごめ》に通ってな、昼日中《ひるひなか》から丁半博打《ちようはんばくち》に興じているって寸法さ。だから、何だって知ってんのよ」

「女は」

「おとわっていう深川《ふかがわ》の芸者さ。たいそう三味《しやみ》が上手《じようず》でな、ほれ、あのとおり、色白の美人だろう。鶴《つる》のように長細い首をかたむける仕種《しぐさ》が艶《つや》っぽいってんで、上客もつきはじめたところだったが、なにせ、まだ駆けだしの雛鳥《ひなどり》だけに、つまらねえ野郎に情を移しちまったのよ」

「阿呆侍《あほうざむらい》に好いた惚《ほ》れたのと言われてのぼせあがり、手に手を取って大川《おおかわ》へどぼん。浮かびあがったなぁ、女ひとりだったってえわけだ」

「そのとおり。三日晒されたら溜預《ためあず》けさ。奴《やっこ》に落とされ、死ぬまでこきつかわれる。哀れなもんだぜ」

「それにしても、嫌なご時世だ。年明け早々に辻強盗《つじごうとう》があったかとおもえば、こんところは辻斬りがつづいた。夜もおちおち眠れねえとおもったら、こんどは身投げ心中かよ」

野次馬の噂話に耳をかたむけつつ、清次は胸苦しさをおぼえた。

新しく書きかえられた高札を、誰かが大声で読みあげている。

「一、親子兄弟夫婦をはじめ諸親類に親しく下人等にいたるまでこれを憐れむべし……」

石垣を積み、柵《さく》をめぐらせ、屋根まで付けた囲いのなかに、お上から発布された高札が七枚ほど掲げてあった。いちばん条文の長い忠孝札にはじまり、毒薬の売買を禁じる毒薬札、付け火を戒《いまし》める火付札、禁漁札に駄賃札、抜け荷を禁じる抜荷札、そして切支丹《きりしたん》をみつけた者には褒美金《ほうびきん》を授けるといった内容の切支丹札とつづく。

「……きりしたん宗門《しゆうもん》は累年御禁制なり、不審なる者これあらば申し出《い》づるべし。御ほうびとして、伴天連《ばてれん》の訴人銀五百枚、伊留満《いるまん》（宣教師）の訴人銀三百枚、立ちかえり者の訴人同断、同宿並びに宗門の訴人銀百枚……」

さきほどから、知ったかぶりの江戸者が字の読めぬ椋鳥たちに高札を読んで聞かせている。

清次は耳を塞《ふさ》ぎたくなった。

「頼む、早く来てくれ」

吐きすてたところへ、待ち人がぬっとあらわれた。

縦も横も大きな男だ。右足を少し引きずっている。

清次は足許に目を落とし、つぶやくように言った。

「お久しぶりにござります」

「そうでもあるまい。たかが半月だ」

低い声が地の底から聞こえてきた。

清次は、消えいるような声で囁《ささや》く。

「たった半月のあいだに、凶事が四つ続きました。伝朴《でんぼく》どのも斬られてしまった」

「そうであろう。高杉伝朴《たかすぎでんぼく》は長崎《ながさき》の鳴滝塾《なるたきじゅく》でも学んだ優れた蘭医《らんい》であった。おぬしとは格別に親しかったからな」

「はい」

「口惜《くちお》しいか」

「兄のように慕っておりました」

「無念であろうが、高杉の遺志を継ぐためにも、今しばらくは耐えてもらわねばならぬ」

「はい」

「ところで、静香《しずか》と絹《きぬ》はどうしておる」

「つつがなくと申しあげたいところですが、なにぶん、置かれた立場が立場ゆえ」

「大儀のためだ。詮方《せんかた》あるまい」

「わかっております。なれど」

「言うな。それより、あそこに晒されたおなご。さきほどから、おぬしをじっと凝視《みつめ》ておるぞ」

「さようですか」

「なぜ、目を合わせてやらぬ」

「誰かが見ているかもしれません」

「案ずるな。怪しい者はおらぬ。わしは半刻（一時間）前から橋のそばに立ち、高札場を見張っておったのだ」

清次は、呆れ顔で溜息を吐《つ》いた。

「さようでしたか」

「目を合わせてやれ」

「できませぬ」

「なぜだ。まさか、死んだ相手に焼き餅《やきもち》を妬《や》いておるのではあるまいな」

「まさか」

「心中は手管《てくだ》にすぎぬ。おなごに課せられた役目だ。奴に堕《お》ちることもない」

「承知しております」

「あの者を信じておるのか」

「はい」

「日置の次男坊同様、誑《たぶら》かされておるのかもしれぬぞ」

「それでも、かまいません」

「おぬしはかまわずとも、まわりに迷惑がおよぶかもしれぬ」

「そのときは」

「どうする」

「ともに死を」

清次はそう言い、きっと口を結ぶ。

そのとき。

――キーコ、キーコ、キョコココキー、ツキヒーホシ。

山里で聞くような小鳥の囀《さえず》りが聞こえてきた。

一瞬だけ静まった喧噪《けんそう》が、すぐさま元に戻る。

「ふっ、この時季にイカルが鳴きよった」

男は微笑《ほほえ》み、清次に紙切れをそっと手渡す。

そして、右足を引きずりながら、人混みに消えてしまった。

清次は周囲に怪しい者がいないのを確かめ、紙切れを開いた。

――八日針供養《はりくよう》、巳《み》ノ刻（午前十時）、北沢淡島明神《きたざわあわしまみようじん》門前にて
ごくりとのどぼとけを上下させ、晒し場に目をやる。

「あっ」

後ろ手に縛られた女が微笑み、ぐるるとのどを鳴らしたように感じられた。

二

半月後。

大川の水も温《ぬる》む春の彼岸《ひがん》になると、丸太を筏《いかだ》に組んで川に流す木流しの風景を目にすることができる。しかし、百本杭《ひゃっぽんぐい》の汀《みぎわ》で朝から釣り糸を垂れる浅間三左衛門《あさまさんざえもん》がみつけたものは丸太ではなく、干涸《ひから》びた流木のような男の腕だった。

腕の主は月代《さかやき》の伸びた浪人者で、魚にでも食われたのか、眼球がふたつともない。ゆえに、素姓の判別はつけ難く、虚空をつかもうとする節くれだった指先だけが男の無念を物語っていた。

「ひでえほとけだぜ」

渋い顔で吐きすてるのは、黒羽織《くろばおり》を纏《まと》った定町廻りの八尾半四郎《やおはんしろう》である。茅場町《かやばちょう》の大番屋《おおばんや》まで使いを走らせたところ、御用聞きの仙三《せんぞう》を引きつれ、押《お》っ取り刀《がたな》で駆けつけてくれた。

半四郎は六尺豊かなからだを屈めて合掌《がっしょう》し、屍骸《むくろ》を詳しく調べはじめた。

「一刀で眉間《みけん》をまっぷたつか。からだじゅうの血が、ここの裂け目から流れだしちまったみてえだな」

　血の抜けた顔は猿《さる》のように皺《しわ》だらけで、生前の面影は想像できない。

「ほかに金瘡《きんそう》はなしか。どうやら、件《くだん》の辻斬りとはちがうようだぜ。お得意の袈裟《けさ》懸《が》けで殺《や》られたわけじゃねえし、胸に十字の裂き傷もねえ。ん、腰に刀が差してある。抜いた形跡はなさそうだな。どうおもいます、浅間さん」

「鯉口《こいぐち》も切らずに対峙《たいじ》し、真っ向から脳天を割られた。金瘡から推《お》して、下手人《げしゅにん》はかなりの手練《てだ》れ。されど、ほとけのほうにも油断があったとみるべきでしょう」

「相手は顔見知りか。となりゃ、下手人の目星はつけやすいかもな」

「でも、八尾の旦那」

　と、仙三が横から口を挟む。

「その変わりようじゃ、素姓を割りだすのはちょっと」

「ああ、難しかろう。どっちにしろ、ほとけの素姓がわからねえことにゃ、下手人の探りようもねえ」

「無縁仏《むえんぼとけ》がまたひとり、増えちまうってことか」

　仙三は、やりきれない顔で溜息を吐いた。

仙三は優男《やさおとこ》にみえるが、芯はしっかりしている。そもそもは柳橋《やなぎばし》の『夕月楼《ゆうづきろう》』という茶屋に出入りする廻《まわ》り髪結《かみゆ》いだが、茶屋を営む金兵衛《きんべえ》の口利きもあり、半四郎のもとで走りまわるようになった。

このところは市中で血腥《ちなまぐさ》いことがつづいているせいか、いささか、うんざりしている様子だ。顔色もわるい。

「仕方ねえでしょ。このひと月足らずで、四人が辻斬りに殺られちまったんだ」

三人は船頭、ひとりは蘭医、いずれも袈裟懸けの一刀で命を絶たれ、死んだあとに鋭利な刃物で胸を十字に裂かれていた。唯一とも言える十字の手懸かりが何を意味するのか、奉行所の全員が首をかしげている。

「どうせ、物狂いの仕業《しわざ》でしょうよ。下手人は尻尾《しっぽ》もつかませねえと、旦那方はあきらめていなさる。おかげで、物狂いの悪党は大手を振って町中を闊歩《かっぽ》していやがるって寸法さ」

「役立たず番付表の大関《おおぜき》は、廻り方の同心だってか。仙三よ、あきらめるのはまだ早《は》えぜ。ほれ、袂《たもと》んなかから、こんなもんがみつかった」

半四郎が差しだしたのは、小さな藁舟《わらぶね》に乗せられた一対の雛人形だった。たいして値の張るものではない。木片を布でくるんで貼っただけの簡素なものだが、女雛《めびな》に着せた紅衣《べにごろも》の色合いがじつに美しい。

「ほう、舟に乗った雛人形か」

仙三ではなく、三左衛門のほうが興味をしめす。

「ほとけが愛娘《まなむすめ》のために買った品かもしれぬ」

しんみりとこぼせば、半四郎もうなずいてみせる。

「雛祭りも近《ちけ》えしな。娘に買った雛人形を抱いて逝《い》ったとすりゃ、胸の痛むはなしだぜ」

「まことに」

三左衛門はふたりの娘を持つ父親、放っておけない気分になってくる。

「八尾さん、よろしければ、それを預からせてもらえませんか」

「預かってどうするんです」

「雛人形に詳しい方を存じておりましてね。もしかしたら、人形の出所がわかるかもしれない」

「十軒店《じっけんだな》あたりの人形屋を当たるつもりなら、やめたほうがいい。連中は今が書き入れどきだ。どうせ、ぞんざいな応《こた》えしか返《けえ》ってこねえ」

「ご心配なく。人形屋じゃありませんよ。八尾さんもよくご存じの方だ」

「誰です」

「おつやさんですよ」

「ははん。そういえば、趣味で木目込《きめこ》み人形をつくってたな」

「じつは、うちの娘たちも頂戴《ちょうだい》しましてね。そのとき、おまつが耳にしたのです。おつやさんは雛人形も集めておられると」

「へえ、おまつどのがねえ」

「どうです。聞いてみる価値はあるでしょう」

探るような眼差しを向けると、半四郎は渋い顔をつくった。

「下谷《したや》に足を向けるのは、どうも気が引ける。もちろん、おつやさんに逢うのは苦にならねえが、伯父御《おじご》のほうがね」

「わかっておりますよ。くどくど説教されるのがお嫌なんでしょう」

「それに、仙三も言ったとおり、近頃は物騒なことつづきで手がまわらねえ。ことはひとつ、お任せしようかな」

「ほとけをみつけた縁もあるし、任せてくださいよ。できるだけのことはしてやらないと、化けて出られそうなんでね」

「へへ、浅間さんは見掛けによらず、恐がりだからなあ」

「幽霊と山の神は苦手でしてね。されど、あんまり期待してもらっては困ります。なにせ、素人《しろうと》の暇つぶしですから」

「それじゃ、だめもとでお願いしよう」

「承知しました」

三左衛門はにっこり笑い、濡れた雛人形を懐中に入れた。

三

半四郎の伯父、八尾半兵衛《はんべえ》の屋敷は、下谷同朋町《どうぼうちょう》の片隅にある。

四つ目垣《よめがき》に囲まれた瀟洒《しょうしゃ》な平屋で、以前は商人の妾宅であったという。

中庭へつづく簀戸《すど》を抜けると、さっそく深紅に彩《いろど》られた藪椿《やぶつばき》が出迎えてくれた。垣根際に咲く黄色い花は黄水仙《きずいせん》、紫色は香菫《においすみれ》、早咲きの沈丁花《じんちょうげ》も芳香を放っている。

庭に大樹はなく、自慢の鉢植えが何列も並んだ棚に所狭しと並んでいた。梅に椿、松葉蘭《まつばらん》に万年青《おもと》、それに各種の盆栽《ぼんさい》、三左衛門に善し悪しはわからないが、いずれも好事家垂涎《こうずかすいぜん》の逸品らしい。

半兵衛は元風烈見廻《ふうれつみまわ》り同心で、奉行所内では「落としの半兵衛」と呼ばれたほどの切れ者だった。疾《と》うに楽隠居し、今は鉢物名人として知られている。子はおらず、妻女とは死に別れ、独り暮らしの悲哀を噛《か》みしめていたころ、千住宿《せんじゅしゅく》の宿場女郎をしていたおつやと出逢った。おつやは物静かで我慢強く、何よりも独り寝の淋しさをわかってくれる。年は親子ほど離れていても、ひとつ屋根のしたで暮らすふたりは前世からの宿縁で結ばれた夫婦のようであった。

白髪の半兵衛は房楊枝《ふさようじ》で舌の苔《こけ》を落としながら、蝦蟇《がま》のように「おえっ、おえっ」と呻《うめ》いていた。

三左衛門の気配に勘づくと、皺の深い目尻をさげてみせる。

「おう、久方ぶりではないか。生きておったか」

「ええ、何とか」

「あいかわらず、貧相なすがたよのう。おぬし、それでも富田流《とだりゅう》の免状持ちか」

「はあ、いちおうは」

「ふん、わしがもそっと若けりゃ、立ちあってやるところじゃ」

齢《よわい》七十近い老骨は縁側に座り、三左衛門を隣に差し招くと、奥に声を掛けた。

「おつや、おつや……あれ、おらぬのか。ふん、まあよい」

物淋しげに苦笑し、こちらに向きなおる。

「十分一屋《じゅうぶいちや》の女房どのは息災《そくさい》か」

「ええ、丈夫なだけが取り柄ですから。されど、不景気のせいか、めでたいはなしはとんとないようで。近頃は若い男女の縁結びではなく、年増の夫婦相手に仲直り屋のようなことをやらされているとか」

「仲直り屋か。そいつはまた、面倒な商売じゃな」

「はたして、商売になっているのかどうか」

「莫迦者《ばかもの》、甲斐性無《かいしょうな》しのおぬしが何を抜かす。楊枝削りしか能のないおぬしが生きながらえておられるのも、しっかり者の女房あってのことじゃ。感謝せい」

「それはもう、感謝しておりますよ」

悪態には慣れているつもりだが、三左衛門は仏頂面《ぶっちょうづら》で語気を強めた。

「ふん、なめくじに舐《な》められたような面《つら》をしおって。おぬしのことばには、いつも心がない」

「なめくじに舐められたような面とは、いったい、どのような面でしょうな。ともかく、挨拶《あいさつ》代わりにひとを小莫迦にするのはおやめくだされ。そんなことだから、甥《おい》っ子《こ》も寄りつかなくなるのですよ」

「およよ、聞き捨てならぬ。半四郎がどうしたと申すのじゃ」

「別に」

うっかり口を滑らせた途端、頑固爺《がんこじじい》は猛然と嚙みついてくる。

「あの莫迦は三十一にもなって、なぜ、嫁取りをせぬ。菜美《なみ》を貰う気はないのか。あれは気立ての良い娘ぞ。腹違いの妹の子でな、幼い時分からよう知っておる。菜美はむかしっから、気遣いのできる賢い娘じゃった。つまらぬ勘定役人のもとへ嫁いだものの、そやつがすぐに頓死《とんし》しおってな。可哀相《かわいそう》に、肩身の狭いおもいを抱え、実家に出戻ってきたのじゃ。二十四になったばかりじゃが、それなりに苦労も知っておる。このところは、せっせと半四郎のもとに通い、姑《しゅうとめ》どのと手料理をつくっておるとも聞いたぞ。そこまでしてくれる娘を貰わずに放っておく男があるか。このままでは、蛇《へび》の生殺しもいっしょではないか」

半兵衛は義弟である菜美の父に頼まれ、半四郎との仲立ちをしてやった。それだけに、気持ちの入れようもちがう。

「半兵衛どの、さようなこと、わたしに言われても困ります」

「何じゃと。おぬしは半四郎の友であろうが。友ならば段取りをしてやらぬか。この横着者めが」

理不尽《りふじん》な言いがかりだが、黙ってやり過ごすしかない。いつものことだ。

半兵衛は、ほっと溜息を吐いた。

「あやつ、やはり、雪乃《ゆきの》のことが忘れられぬのか」

「さあ」

「往生際《おうじょうぎわ》のわるいやつめ。雪乃は上野矢田藩《こうずけやたはん》の殿様に見初《みそ》められ、側室になる身じゃぞ」

「まだ、そうときまったわけではありますまい」

「きまったようなものさ。こちらがひとこと、うんと返事をすればよいのじゃからな。あれほど遣《や》り甲斐を感じておった隠密《おんみつ》を辞めようと、雪乃は決心したそうじゃ。それが何よりの証拠さ。お城にあがる覚悟をきめたにちがいない。ああ、できることなら、半四郎と雪乃をいっしょにさせてやりたかった。顔を合わせれば喧嘩ばかりしておったが、わしがみたところ、ふたりはいっとき心を通わせておったからの。なれど、こればかりはめぐりあわせよ。世の中、好いた者同士がいっしょになれるとはかぎらぬ。雪乃はな、一介の同心風情など、手の届かぬところへ行ってしまうのだわ」

「行ってしまうとわかっていても、忘れられない。どうしても、心から消し去ることができない。そうしたやりきれぬ恋情《おもい》を引きずったまま、菜美どのといっしょになるのは気が引ける。かえって申し訳ないと、半四郎どのはそんなふうに考えているのかもしれませんよ」

「邪推《じゃすい》いたすな」

「いいえ、この際ですから、言わせていただきましょう。半四郎どのはああみえて、心遣いの細やかな御仁《ごじん》です。わたしには、揺れ動く男心が手に取るようにわかる」

「なれば、どうせよと申すのじゃ」

「周囲は急かさず、焦らせず、もうしばらく様子を眺めるべきかと」

「のんびり様子眺めなんぞしておったら、あの世へ逝《い》ってしまうわ」

「そうやって減らず口を叩けるうちは、お迎えなどまいりませんよ」

「ふん、偉そうに」

半兵衛が鼻を鳴らしたところへ、簀戸が音もなくひらいた。

目が糸のように細い年増が、風呂敷を抱えてやってくる。

「おつや、どこへ行っておった」

半兵衛に問われ、おつやは妖艶に微笑んだ。

「池之端《いけのはた》の人形屋さんへ、木目込みの材料を頂戴しに」

「さようか。もしや、留守にすると聞いておったかな」

「はい」

「そうか。はは、とんと忘れておったわい。叱ってすまなんだの」

「お気遣いなされますな」

おつやは微笑みながら、こちらにお辞儀をしてみせる。

「浅間さま、ようこそお越しくだされました。ただいま、お支度を」

「おかまいなく。今日は、おつやどのに用事があってまいった」

「え、わたくしに」

「はい。まずは、こちらの雛人形をご覧になっていただきたい」

三左衛門は懐中から藁舟に乗った雛人形を取りだし、縁側にそっと置いた。

「まあ、綺麗な色合い。それはたぶん、流し雛ですね」

「流し雛」

「はい。願いを託して川に流す四文雛《しもんびな》ですけど、流すおひとのお気持ち次第なので、値は付けられません」

流し雛とは弥生三日におこなわれる物忌《ものい》みの神事で、よく知られているのは紀州の加太淡島明神《かだあわしまみようじん》でおこなわれるものだという。紙や布で雛人形を作り、患《わずら》っているからだの一部を撫でて災厄《さいやく》をそれにうつしたのち、藁や笹《ささ》でつくった小舟に乗せるなどして、川や海に流すのである。

おつやは、舟に乗せられた同じような雛人形を、江戸でも目にしたことがあったという。

「え、どこで」

「北沢の淡島さんです。門前の人形屋さんでお尋ねいただければ、きっとおわかりになろうかと」

「かたじけない。さっそく、明日にでも淡島明神に詣《もう》でてみよう」

おつやが奥へ引っこむと、半兵衛が興味深そうに顔を寄せてきた。

「その雛人形、どうしたのじゃ」

「じつは、屍骸になった浪人者の形見でしてね」

「何じゃと」

「百本杭でみつけちまったのです」

「縁起でもない。人形には死者の魂《たましい》が宿るとも聞く。おぬしは災厄を振りまきにきたようなものじゃ」

「そんな言い方をしたら、ほとけが浮かばれますまい。遺された者たちが可哀相ですよ」

「青臭いことを抜かしよって。ふん、まあよい。おつや、おつや、浄《きよ》めの酒じゃ。上等な酒はいらぬぞ。冷やで持ってくるがいい」

おつやが滑るようにあらわれ、冷や酒のはいった銚釐《ちろり》と香の物の盛られた平皿を置いていった。

「呑め。心身を浄めてから行け」

三左衛門は納得できぬまま、酒の満たされた盃に口を付けた。

「ん、これは美味《うま》い」

安酒どころか、酒は上等な下りものだ。

半兵衛も盃を舐め、嬉しそうに口をすぼめる。

「で、おぬしはほとけの妻子を捜しだし、雛人形を手渡したいのか」

「はい」

「お節介《せっかい》焼きめ」

「いけませんか」

「やるがいいさ」

「顚末《てんまつ》をお知りになりたいでしょう」

「ふん、おぼえておったら聞いてやる」

頑固爺め。

三左衛門は横を向いて笑い、ぺこりとお辞儀をする。

「では、失礼つかまつる」

「おう、行け」

半兵衛は赤ら顔でぞんざいに言い、かたわらの盆栽を剪定《せんてい》しはじめた。

四

北沢の淡島明神は荏原郡下北沢村《えばらぐんしもきたざわむら》、森巌寺《しんがんじ》の境内《けいだい》にある。

春雨の降りつづくなか、三左衛門は駕籠《かご》とともに西へすすんだ。

いっしょに行きたいとねだったおまつは、幼いおきちを抱いて駕籠に乗っている。

日本橋から子連れで二里も歩くのはしんどいので、駕籠を使ったのだ。

赤坂《あかさか》、青山《あおやま》、渋谷《しぶや》とたどって、境内の杜《もり》が見えるところで駕籠を降り、蛇《じゃ》の目一本傘の内に身を寄せあいながら歩いている。

「淡島さんは九年ぶり、針供養にきて以来だよ」

「九年前といえば、おすずを連れて実家に出戻っていたころか」

「そうさ」

実家の糸屋は盗人《ぬすっと》に押しこまれて、その年に潰れ、おまつの双親《ふたおや》は心労で亡くなった。それからしばらくして、三左衛門とおまつは照降町《てりふりちょう》の裏長屋でいっしょに暮らしはじめた。乳飲み子だったおすずはもう十二、日本橋の呉服屋で女中奉公をはじめて二年と少しになる。

「早いもんだな」

「おきちも、みっつだしね」

一昨年の梅雨時《つゆどき》、鉄砲水の被害で江戸の町が水没しかけたとき、身重のおまつは竃河岸《へっついがし》にある汁粉屋《しるこや》の屋根に取りのこされた。間一髪のところで救いに訪れた屋形船の中で、おきちを産みおとしたのだ。

さいわい、おすずもおきちも今のところは大病もなく育ってくれている。

それでも、おまつは心配でたまらず、事に寄せては神社仏閣におもむき、娘たちの無病息災を祈った。淡島明神へ詣でると言いだしたのも、長屋でおたふく風邪が流行《はや》りだしたからだ。

「おすずはね、好きな相手ができたらしいの」

出しぬけに言われ、三左衛門は足を止めた。

差しかけた蛇の目の内で、おきちはすやすや眠っている。

「相手は下駄屋《げたや》の倅《せがれ》か」

「まさか。そんなのは何年もまえのはなしですよ。さ、歩きましょ」

「ん、ああ」

蛇の目の縁から、雨粒が滴《したた》っている。

三左衛門の肩はびっしょり濡れていたが、暖かい雨のせいか、寒さは感じない。

「奉公先のお得意さんに阿蘭陀屋《おらんだや》っていう舶来品《はくらいひん》を扱うお店があってね、そこの若い奉公人が役者にしてもいいような色男らしいの。名は清次っていうんだけど、そいつに岡惚《おかぼ》れしちまったみたいでね」

「そいつ呼ばわりか」

「あんまり評判がよろしくないのさ」

茶屋の女将《おかみ》を誑《たら》しこんだとか、置屋《おきや》の女将に粉をかけたとか、辰巳芸者《たつみげいしゃ》の間夫《まぶ》だとか、おまつはどこからか仕入れた根も葉もない噂を鵜呑《うの》みにしていた。

「火のないところに煙は立たないってね」

「おいおい、おすずはまだ子供だぞ。惚《ほ》れた腫《は》れたの年でもあるまい」

「十二といやあ、立派な大人ですよ。一途《いちず》な恋に走りたくなる年頃さ」

「ふうん、そんなものか」

「ちょいと調べてみたら、阿蘭陀屋は紀州さまの御用達《ごようたし》らしくってね。だから、淡島さんとも関わりが大ありでしょ。おすずにおかしな虫がつかないようにって、お願いしなくちゃならないんですよ」

　願い事が多すぎて、御神体も困ってしまうだろう。

　淡島明神を擁《よう》する森厳寺は、徳川家康《とくがわいえやす》の次男である結城秀康《ゆうきひでやす》の位牌所《いはいじょ》として建立《こんりゅう》された。針供養や灸《きゅう》、牡丹《ぼたん》の名所としても知られ、境内に一歩踏みこめば樹齢三百年を超える一対の大銀杏《おおいちょう》が目を惹《ひ》く。婦女子の参拝者が多いのは、総本社にあたる紀州の加太淡島明神が腰から下《しも》の病に霊験《れいげん》あらたかであると信じられているからだ。

　三左衛門は門前にたどりつき、雛人形を扱う店を苦もなく探しあてた。

　こぢんまりとした店には時節柄、可憐な雛人形が並べられ、そのなかには小舟に乗った一対の雛人形も見受けられた。

　板間に置かれた炬燵《こたつ》のなかでは、店番の老婆がうたた寝をしている。

炬燵のうえに置かれた蜜柑《みかん》は食べかけで、掛け布団の端では三毛猫《みけねこ》が丸くなっていた。

「なあご」

猫の鳴き声に起こされ、小さな老婆は眠そうに目を擦る。

「こんにちは」

おまつがにっこり微笑むと、老婆も歯の無い口で笑った。

「雨はまだ降っておるんかい」

「ええ。霧雨が降っておりますよ」

「そろそろ、店仕舞いにしようかの」

「まだ八つ（午後二時）に届いておりませんけど。おばあさん、おひとりなの」

「そうじゃよ。莫迦息子は人形の仕入れで紀州に出向いたきり、三月《みつき》も帰ってこぬ」

「三月も、おひとりで」

「嫁はおるが、鬼嫁での。半月に一度しか訪ねてこぬわい」

「それは、たいへんですね」

「おまえさんに、顔がちと似ておる」

「ぬひょひょ、心証をわるくなさったか。戯《ざ》れてみただけじゃ。おまえさん、何か商いでもやっておられるのかね」

「十分一屋をやっております」

「仲人《なこうど》商売かい」

「ええ。でも、とんとめでたいおはなしもなく、お金にならない仲直り屋になってしまって」

「それなら、わしと嫁の仲も接《つな》いでもらおうかの。ぬひょひょ、戯れ言じゃと言うておろうが。渋い顔をするな」

放っておけば、暗くなるまで喋りつづけそうだ。

三左衛門は脇から、ぬっと顔を差しだした。

「すまぬが、ちとものを尋ねたい」

「おぬしは誰じゃ」

「十分一屋の亭主だが」

「ヒモか」

「まあ、そんなところだ。ちと、これをみてほしい」

件の雛人形を手渡すと、老婆は舐めるように眺めた。

おもむろに蜜柑の房を口に入れ、もぐもぐ食べはじめる。

「なあご」

三毛猫がまた鳴いた。

老婆はのどを鳴らして蜜柑汁を呑み、ひとりごとのように喋りだす。

「淡島さんに祀《まつ》られておんのは、少彦名命《すくなひこなのみこと》と大己貴命《おおなむちのみこと》と息長足姫尊《おきながたらしひめのみこと》じゃ。息長足姫尊とは神功皇后《じんぐうこうごう》のことでな、難波《なにわ》の海で時化《しけ》に遭《あ》ったとき、苫《とま》を海に抛《ほう》って神の助けを請い、苫の流れに従《つ》いてゆくと、淡島に行きついたのじゃ。九死に一生を与えてくださった神のご加護に感謝し、神功皇后は少彦名命の人形をつくって神社に納めた。それが雛人形のはじまりよ」

やがて、御祭神の少彦名命と神功皇后は男雛と女雛になった。弥生三日の大祭には御輿《みこし》の渡御《とぎょ》がおこなわれ、童《わらべ》の獅子舞《ししま》いやら面担ぎやらで人々は無病息災を祝う。

「大祭の折には、加太の社殿に雛人形がごまんと飾られるのじゃ」

老婆は感慨を込め、加太淡島明神の縁起を語った。聞けば、淡島から遣わされた語り巫女《みこ》の成れの果てだという。全国津々浦々《つつうらうら》を行脚《あんぎゃ》するのに疲れ、いつのころからか江戸に根を下ろしてしまったのだ。

肝心なことを尋ねるべく、三左衛門が口を開きかけると、老婆はさも気持ちよさそうに寝息をたてはじめた。

隣でおまつが囁く。

「おまえさん、寝かしてあげようよ」

「そうはいくか」

小さな肩を揺り起こし、顔を鼻先に近づける。

「ひぇっ」

仰《の》けぞる老婆の背中を支え、三左衛門は優しく語りかけた。

「で、その雛人形に見覚えは」

「わしが売った人形じゃよ」

「まことか」

「ああ、まちがいない。これを買ったのはうらぶれた風体の浪人者でな、何でも七つの娘がおるらしい」

三左衛門は、胸の痛みをおぼえた。

おもったとおり、愛娘に買ってやった雛人形なのだ。

「頂戴したのは半金だけじゃ。残りは三日後に貰うという約束でな、昨日がその日じゃった」

三左衛門は、ごくっと唾を呑んだ。

「浪人は名乗ったのかい」

「いいや。じゃが、紀州の出らしい。浪人する以前は、浄瑠璃坂《じょうるりざか》の上屋敷に出入りしておったとか」

「浄瑠璃坂の上屋敷」

考えあぐねていると、おまつが背中のおきちをあやしながら助け船を出した。

「それはたぶん、紀州様の分家筋にあたる新宮藩のお屋敷だよ」

「なるほど、新宮藩か」

おまつの客筋には大名家の御用達商人も多いせいか、さすがによく知っている。

「そういえば、お連れさんがおられたねえ」

老婆のひとことに、三左衛門は膝を乗りだす。

「妻女か」

「はて、どうじゃろう。武家というより、商家の内儀《ないぎ》然としておった。お連れさん言うても、店にはいってきたわけじゃない。ほれ、そこの狛犬《こまいぬ》の陰に隠れておった。あれは事情《わけ》ありよ。わしにはわかる。滅多《めった》なことは口にできぬが、逢瀬《おうせ》だったのかもしれぬ」

「逢瀬」

「あのおなご、そういえば、いちど目にしたことがあったわい」

「え」

「八日の針供養のとき、淡島さんの参道を歩いておった。年は三十路の手前。額に白毫《びゃくごう》のごとき黒子《ほくろ》のあるおなごでの、そうじゃ、まちがいないわ。優男の手代をひとり連れておった。手代はたしか、背中に蘭の描かれたお仕着せを纏っておったの。ふふん、役者にしてもいい男じゃった」

うっとりする老婆のかたわらで、おまつが驚いた声をあげる。

「おまえさん。蘭は『阿蘭陀屋』の家紋だよ」

「だからどうした」

「今さっき口にした相手に出遭《であ》うってはなしさ。その手代、清次とかいう優男かもしれない」

「まさか」

そんな偶然があるものかと胸につぶやきつつも、三左衛門は因縁《いんねん》めいたものを感じていた。

老婆が口をすぼめ、さらりと言う。

「あんた、浪人のお知りあいなら、残りの代金を払ってくれんかね」

「仕方ない。いくらだ」

「金一朱」

「え」

四文雛に高値が付いた。

「べらぼうめ」

吐きすてたのは三左衛門ではなく、おまつのほうであった。

五

阿蘭陀屋は舶来品商いの老舗《しにせ》で、大伝馬町《おおでんまちょう》に大きな店を構えている。取りあつかう品は羅紗《らしゃ》や呉絽《ごろ》などの生地、宝石珊瑚《さんご》や玻璃《はり》の食器、瑪瑙《めのう》やギヤマン細工、青磁《せいじ》の壺《つぼ》や稀少な鶏血石《けいけつせき》の印鑑《いんかん》といった唐物《からもの》もふくめて、庶民の手に届かぬ高価なものばかりだ。幕府の許しを得たうえで阿蘭陀船との取引も許されており、大名や大身《たいしん》旗本、検校《けんぎょう》や豪商といった金持ち連中を相手に手広く商売をしていた。

主《あるじ》の吉兵衛《きちべえ》は算盤勘定《そろばんかんじょう》に長《た》けた野心家だが、他家からの入り婿らしく、近所でも評判の恐妻家だ。

一方、どっしりと構えた内儀は五十の手前、肥えた顔に厚化粧を塗って高価な衣装を纏い、芝居見物ばかりしている。もちろん、眉間に白毫のごとき黒子はなく、人形屋の老婆が見掛けた「お連れさん」ではなかった。

「恐妻家の旦那はえてして、内緒で妾をつくりたがる」

舌打ちまじりに吐いたのは半四郎だが、三左衛門も「お連れさん」が囲い者ではないかと憶測していた。だが、吉兵衛はよほど慎重な性分らしく、しばらく御用聞きの仙三に張りこませてもみたが、容易に尻尾を出さない。

三左衛門は吉兵衛ではなく、清次を追うことにした。

如月も晦日《みそか》に近づくと、十軒店を中心とする日本橋の目抜き通りは雛市目当ての雑踏に包まれる。

蘭の家紋入りのお仕着せが、雑踏を縫うようにすすんでいった。

お仕着せを纏うのは、手代見習いの清次だ。

なるほど、町娘が振りむきたくなるような色男だが、三左衛門にしてみれば、殺《あや》められた浪人の素姓を知るための手懸《てが》かりにすぎない。

御用聞きの仙三も、清次の動向には気を配っていた。住みこみの奉公人なので、暗くなってからはよほどの用事でもないかぎり出歩かない。動くとすれば日中と踏み、何度か背中を追ったものの、今日まで怪しい動きは毛ほどもみせなかった。

「あの婆さまめ」

人形屋の老婆に誑《たぶら》かされたのかもしれない。

そんなふうに悪態を吐いたとき、清次がたいそう立派な構えの雛人形屋のまえで足を止めた。

「ごめんくださいまし」

敷居をまたいで奥に声を掛け、応対にあらわれた番頭と親しげに挨拶を交わす。

番頭のへつらった態度から推すと、清次は良いはなしを持ちかけたのだろう。店にとって良いはなしとは、高額の雛人形が売れることにほかならない。

三左衛門には、ぴんとくるものがあった。

急いで近づき、気づかれぬように店の敷居をまたぎ、素知らぬ顔で陳列棚に飾られた雛人形を眺めてまわる。

「何か承《うけたまわ》りましょうか」

さっそく、手代風の男がにこやかに近寄ってきた。

「ちとみさせてくれ。娘がふたりおってな」

「かしこまりました。どうぞごゆるりと」

放っておかれたことに感謝しながら、それとなく注意していると、清次が豪勢な雛飾りのまえで番頭と談笑しはじめた。

「ふうん、あれを選んだのか」

金箔張《きんぱくば》りの屏風《びょうぶ》を背にして、風雅な装束を纏った内裏雛《だいりびな》が並んでいる。向かって右側に男雛、左側に女雛が飾られている。深紅の毛氈《もうせん》に白酒や菱餅《ひしもち》、精巧な嫁入り道具などの配された豪華な雛飾りは、有職雛《ゆうそくびな》のなかでもひときわ目を惹く逸品であった。

おそらく、従前からきめてあったのだろう。

番頭は手代を呼びつけ、有職雛を桐箱に仕舞わせた。

清次は吉兵衛の使いで、値の張る雛人形を注文しにきたのだ。

いったい、誰のために。

それが知りたいと、三左衛門はおもった。

「では、今日中にお届けいたします」

番頭の恵比須顔《えびすがお》に見送られ、清次は店の外に出た。

横顔にはまだあどけなさが残っているものの、きりっと結ばれた口許に若武者の片鱗《へんりん》が感じられる。

「あの面構え、ただの優男ではないな」

品評好きなおすずが岡惚れするだけのことはある。

三左衛門も外に出たが、清次の背中は追わない。

物陰にまた隠れ、店の様子をそれとなく窺《うかが》う。

件の雛人形をおさめた長持《ながもち》が運びだされたのは、それから四半刻足らず後のことであった。

六

雛人形の運ばれたさきは、銀座《ぎんざ》の裏手にあたる松島町《まつしまちょう》の片隅だった。

おまつがおきちを産みおとした竈河岸のそばで、ぐるりと町を囲む武家屋敷との境界には堀川が流れており、三左衛門が釣り竿《ざお》を担いでよく訪れる三ツ股《みまた》やあやめ河岸にも近い。

左右を黒板塀に仕切られた露地は狭く、小便の臭いがたちこめていた。

「千艘《せんぞ》や万艘《まんぞ》お舟やぎっちらこ、ぎっちぎっちぎっち漕げば恵比須か大黒《だいこく》か……」

透きとおった声の子守唄《こもりうた》に振りむけば、禿頭《かむろあたま》の女童《めわらべ》が背に負《おぶ》った乳飲み子をあやしている。

「……ぎっちぎっち漕げばこっちはなあに、こっちはなあにふくのかみ」

女童はまだ七つか八つ、赤い半纏《はんてん》を着せられた乳飲み子は妹であろうか。

「こんにちは」

三左衛門は腰を屈め、優しげに声を掛けた。

「えらいねえ。負っているのは、妹かい」

「いいえ、三軒先の子、おつねっていうの」

「ほう、おつねか。どれ、ん、洟水《はなみず》が垂れておるぞ。お嬢ちゃん、子守を押しつけられたのか」

「いいえ、小さい子が好きだからよ」

七つほどの娘が、母親の口調をまねて言う。

三左衛門の顔から、おもわず笑みが漏れた。

「お嬢ちゃん、名は」

「絹」

女童は口を尖らせ、警戒するように後じさる。

と、そこへ。

「絹や、絹や」

塀の内から、母親らしき声が掛かった。

「はあい」

女童は、声のするほうへ駆けてゆく。

見上げれば、塀のうえから落葉松《からまつ》が枝を伸ばしていた。

「黒板塀に見越しの松か」

もはや、疑う余地はない。

この界隈《かいわい》には、妾宅が集まっているのだ。

絹が戸口に消えた家は、つい今し方、雛人形が担ぎこまれたところだった。

応対にあらわれたのは色白の三十路年増で、大伝馬町の旦那から贈られてきたであろう高価な雛人形を嬉しい顔ひとつせずに受けとった。

三左衛門は物陰から、はっきりと顔をみている。

少し窶《やつ》れてはいるが、美しい面立《おもだ》ちの女で、眉間には白毫のごとき黒子があった。

「お連れさんだ。まちがいない」

三左衛門を戸惑わせたのは、悩ましげな立ち姿だった。

どういった経緯で妾になったのかはわからないが、旦那の吉兵衛に「子連れでも構わぬ」とおもわせるだけの妖艶さが、女にはたしかに備わっていた。

ともあれ、逢わねばならぬ。

だいじなことを伝えるのだ。

そのために、わざわざ居所を探りあてたにもかかわらず、無残な死に様をした浪人のことを自分の口から伝えてよいものかどうか迷っている。

浪人と関わりがある女なら、きっと嘆き悲しむにちがいない。

今さらながら、酷《こく》な役目を引きうけてしまったことを後悔した。

が、気後れしているときではない。

——ごおおん。

夕の七つを報《しら》せる鐘が、捨て鐘を三つ撞《つ》いた。

鱗《うろこ》を纏った松の枝が、西日を阻《はば》んでいる。

意を決し、薄暗い門のほうへ向かった。

無言で門を擦りぬけ、敷石をたどる。

表の板戸を敲《たた》いた。

「たのもう」

「どなたですか」

棘《とげ》のある声が聞こえたので、三左衛門は咳払いをひとつした。

「浅間三左衛門と申す」

板戸が開き、怪訝《けげん》そうな蒼白い顔が差しだされた。

「何でしょう」

「すまぬ。雛人形屋の婆さまに聞いてきた」

「え」

「北沢の淡島さんだ。おぼえておられぬか」

「さあ」

「これならどうだ」

懐中をまさぐり、藁舟に乗った雛人形を取りだす。

「あ、それは」

「やはり、おぼえておったか。そなたの連れが買いもとめた流し雛だ。婆さまが半金を寄こせと言うので、わしが払っておいた」

「まあ……そ、その流し雛を、どうなされたのです」

「本所の百本杭で拾った。わしは釣り糸を垂れておったのだ」

「釣り糸を」

「さよう。釣果《ちょうか》もないので帰ろうとおもい、やおら腰をあげた。そこへ、ほとけが流されてきた」

「ほとけ……ま、まさか」

「酷なことを告げねばならぬ。流し雛の持ち主とおもわれる浪人者は、頭蓋《ずがい》を割られて死んでおった」

「な」

かくんと、女の両膝が抜けた。

「ぬぐ……ぬぐぐ」

息継ぎもままならず、苦しげにのどを掻《か》きむしる。

「しっかりせい」

三左衛門は肩を抱きおこし、背中をさすってやった。

女は我に返り、こんどは腕に縋《すが》りついてくる。

「うっ、うっ……ううう」

顔を襟元《えりもと》に埋め、嗚咽《おえつ》を漏らす。

予想を超える過剰な反応に、三左衛門は戸惑った。

「すまぬ。余計なことをした。堪忍《かんにん》してくれ」

女の腕から、力が抜けた。

ようやく落ち着きを取りもどしたのか、涙に濡れた赤い目を向け、震えながら頭を下げる。

「わざわざお訪ねいただき、かたじけのうございます」

武家の妻女のような物言いだ。

「おはいりください」

「よいのか」

「夜更けにならねば、旦那さまはみえませぬゆえ」

招じられるがままに、三左衛門は足を踏みいれた。

廊下の上がり端《はな》に、さきほどの絹という子守娘が正座している。

三軒先から預かった乳飲み子は、奥に寝かしつけてきたようだ。

「絹、ご挨拶を」

「はい」

絹は三つ指をつき、凛《りん》とした声で「お越しなされませ」と発した。

健気《けなげ》な挨拶に胸を打たれつつ、三左衛門は大小を鞘《さや》ごと抜く。

「されば、ごめん」

雪駄《せった》を脱いであがり、狭い廊下を渡った。

案内された部屋は東の箱庭に面しており、庭全体が家作の影に覆《おお》われている。

半兵衛邸と同じ藪椿がひと叢《むら》植えてあったが、ほとんどは花を落としていた。

黒土のうえに散らばった深紅の花が、頭蓋の裂け目から迸《ほとばし》る血飛沫《ちしぶき》を連想させる。

「こちらでお待ちを」

母と娘はすがたを消した。

微かに聞こえる松籟《しょうらい》が、静寂さを際立たせている。

畳に置いた雛人形は、今にも動きだすかのようだ。

ときが永遠にも感じられたころ、女が戻ってきた。

「ずいぶん、暗くなってまいりました」

有明行灯《ありあけあんどん》を点け、湯気の立ちのぼる茶碗を畳に滑らせる。

「頂戴いたす」

三左衛門は襟を正し、熱い茶を啜《すす》った。

女は三つ指をつき、紅の差された口で喋る。

「さきほどは取りみだしてしまい、申し訳ございませんでした」

「こちらこそ、不躾《ぶしつけ》であった」

「浅間さま、でござりましたよね」

「ふむ、浅間三左衛門と申す。魚河岸の近くにある照降長屋の住人でな。ご覧のとおりの浪人者だ」

「わたくしは、静香と申します」

「静香どのか」

「はい。百本杭でみつけていただいた浪人は、おそらく、兵藤平九郎《ひょうどうへいくろう》と申す元陪臣《ばいしん》にござります。仰せのとおり、その流し雛が何よりの証拠《あかし》。淡島さんの境内で、雛人形を手ずから娘に渡すのだと申しておりました。兵藤はゆえあって、三年前、さる藩を出奔《しゅっぽん》したのでござります」

「出奔とな」

三左衛門も十年ほど前、上州富岡《じょうしゅうとみおか》の七日市藩《なのかいちはん》を出奔した身だけに、膝を乗りださざるを得ない。

「ご新造、さる藩とは、浄瑠璃坂に藩邸のある紀州新宮藩のことかな」

「いかにも、さようにございます」

静香はそう言ったきり口を固く結び、出奔の理由を語ろうとはしない。

初対面の相手に告げられる内容ではないのだ。敢えて聞くまい。

「兵藤どのとはどういう」

「夫にございます」

「やはりな」

さきほどの反応から推せば、充分に予想できた回答だ。

しかし、元夫ではなく、夫と応えた点が気に懸《かか》った。

「お察しのとおり、わたくしは阿蘭陀屋吉兵衛の囲い者にございます。旦那さまには深川のお座敷で声を掛けられました」

二年前のはなしだった。神田《かんだ》の裏長屋で貧乏暮らしをつづけるなか、静香は特技でもある舞踊を生かすべく、手蔓《つて》をたどって頼みこみ、夜だけ深川門前仲町《もんぜんなかちょう》の置屋に身を置かせてもらうようになった。金持ちを相手にする茶屋の座敷に呼ばれ、芸者のまねごとをしていたやさき、幸か不幸か、吉兵衛に見初《みそ》められたのだ。

「夫も子もある身ですと、正直に申しあげました。それでもかまわぬから妾にならぬかと、しつこく言い寄られ、困り果てたあげく兵藤に直談判《じかだんぱん》を請うと、夫は『自分は身を引く』と、驚くようなことを申します。『阿蘭陀屋の世話になれ。絹のためにもそうするしかない。逢いたいときは、いつでも逢いにくる。だから、世話になれ』と申すのです。思案のすえに諾《だく》すると、夫は翌朝早く、別れも告げずにすがたを消してしまいました」

静香は絹をともない、黒板塀の住人になった。

囲われ者になってからというもの、阿蘭陀屋のある大伝馬町の近くへは、いちどたりとも足を向けたことはないという。

「兵藤は月にいちど、そっと訪ねてきてくれました。わたくしも娘も、その日をどれだけ心待ちにしていたことか。つぎは、上巳《じょうし》の節句に来てくれるはずだったのに」

「阿蘭陀屋の主《あるじ》はそのことを」

「ご存じありません。旦那さまはたいてい真夜中、気が向いたときだけふらりとおみえになります」

「使いも寄こさずにか」

「寄こされるときもあります」

「使いは、清次という若い男だな」

「どうしてそれを」

「十軒店で有職雛を注文しておった」

「あ、それで、ここがわかったのですね」

「すまぬ。悪気はなかったのだ。ご亭主の遺品となった流し雛を、何としてでも遺された妻子に手渡さねばならぬ。そう、おもうてな」

「もったいないことです。兵藤もきっと喜ぶでしょう」

「ほんとうなら、自分の手で携《たずさ》えてきたかったはずだ」

「はい」

「聞きにくいことだが、ご亭主を斬った相手に心当たりは」

「ござりませぬ」

静香は間髪《かんはつ》を容《い》れず、きっぱりと言いきる。

眉間に皺の寄った蒼白い顔をみつめ、嘘を吐いたなと、三左衛門は察した。

静香が隠し事をしているにせよ、追及することは憚《はばか》られた。

ここからさきは、一介の浪人が首を突っこむべきではない。

七

「役目は終わった」

半四郎ならば十手を翳《かざ》し、執拗《しつよう》に食いさがったかもしれない。

だが、三左衛門は流し雛を手渡すと、すぐに暇《いとま》を告げた。

もう、あの母娘と関わることはあるまい。

心に引っかかるのは「出奔」の二文字であった。

三左衛門はかつて、七日市藩の藩主を守る馬廻り役に任じられていた。天災やら道普請《みちぶしん》やらで藩財政が困窮するなか、藩政への批判は高まり、藩士たちのあいだに不満が燻《くすぶ》っていた。そうしたおり、禄《ろく》を召しあげられた藩士ら数名が陣屋前で藩主を襲撃するという前代未聞の暴挙が勃《お》こった。三左衛門は応戦し、禄米《ろくまい》加増のはたらきをしてみせたが、討ちとった藩士のなかに道場で鎬《しのぎ》を削った友がまじっていた。役目上のこととはいえ、三左衛門は友を斬ったことへの後ろめたさから逃れられず、ある日忽然《こつぜん》と藩を出奔した。

屍骸となった兵藤平九郎にも、拠所《よんどころ》ない事情があったのだろう。

三左衛門は事情を知りたくもあったし、下手人捜しの手助けもしてやりたかった。しかし、肝心の遺族がそれを望まないというのであれば、黙って身を引くしかない。

気づいてみれば、小網町《こあみちょう》の貝杓子店《かいじゃくしだな》を抜け、思案橋《しあんばし》の手前までやってきた。

橋向こうは照降町、そのさきは江戸の台所とも言われる魚河岸だ。長屋の嬶ぁどもでごった返す夕河岸も終わりかけ、行き交う人影は薄闇に閉ざされつつある。昼と夜の狭間《はざま》で、黄泉路《よみじ》へとつづきそうな橋だけが白く浮かんでみえた。

三左衛門は「逢魔刻《おうまがとき》」ということばを頭に浮かべた。

「どうも、すっきりせぬ」

後ろ髪を引かれるおもいで歩をすすめ、はたと足を止める。

突如、殺気が迫った。

後ろだ。

振りかえる。

ひゅんと、白刃が鼻面を舐めた。

「のわっ」

胸を反って躱《かわ》し、大刀の鯉口を切る。

抜いた。

「ふおっ」

と同時に、黒覆面《くろふくめん》の大男が突きかかってきた。

「何の」

受け太刀を取らずに身を躱す。

「ぬりゃ」

反転し、首筋に斬りつけた。

「むっ」

手応えがあり、相手はくらっとよろめく。

腰砕けになって頽《くずお》れ、刀を支えにして片膝をついた。

三左衛門は滑るように近づき、刀の先端を翳《かざ》して言いはなつ。

「真剣なら、首は無いぞ」

先端を指で摘むと、刀がわずかに撓《たわ》んだ。

竹光《たけみつ》なのだ。

竹光でも、急所を打てばそれなりの効果はある。

男は顔を歪《ゆが》め、苦しげに問うた。

「お、おぬし……な、何者だ」

「それはこっちの台詞《せりふ》だろう」

「お、大目付《おおめつけ》の密偵《いぬ》か」

「ふざけたやつだな。襲っておいて何を抜かす」

「おぬし、阿蘭陀屋の妾に近づいたであろうが」

「だから、どうした」

「狙いは」

「そんなものはない。流し雛を手渡したかっただけさ」

「流し雛」

「ああ。ご亭主の形見だよ」

三左衛門の台詞を、男は空で反芻《はんすう》する。

「形見か……すると、おぬしが屍骸をみつけたのか」

「そうだ。わしが変わりはてた兵藤平九郎をみつけたのさ」

黒覆面は一瞬黙り、不気味な声で笑いだす。

「むふ、むふふ」

「何を笑う」

「別に」

片膝立ちで笑いつづける男にたいし、三左衛門は胸を張った。

「わしは密偵でも隠密でもない。橋向こうに住む楊枝削りの浪人だよ」

「目当ては金か」

「何だと」

「貧乏浪人なら、金が欲しかろう。妾のことを内儀に告げると脅せば、阿蘭陀屋の主からいくらかは搾《しぼ》りとれるしな」

「知恵を授けたつもりか」

「いいや、素姓の知れぬ者には死んでもらう」

黒覆面の男はのっそり起きあがり、厚鋼《あつがね》の刀を大上段に振りかぶった。

しかし、首筋を打たれたせいか、肘と膝が小刻みに震えている。

「やめておけ」

三左衛門が発するや、男は前のめりに斬りつけてきた。

「ふおっ」

太刀筋は存外に鋭い。

竹光の先端を断たれた。

すかさず、小太刀を抜きはなつ。

「でやっ」

「うっ」

流れる波文は濤瀾刃《とうらんば》、鼻面を掠《かす》めた太刀風に相手は怯《ひる》む。

葵下坂《あおいしもさか》の光芒《こうぼう》に、眸子《まなこ》を射抜かれたのだ。

「お、おぬし、小太刀を使うのか」

男は青眼《せいがん》に刀を構えたまま、じりっと後じさった。

「ふん、長引きそうだ。勝負は預けておこう」

くるっと背を向け、右足を引きずって遠ざかる。

三左衛門は追いもせず、葵下坂を鞘におさめた。

「失せろ」

首を打たれた後遺症であろうか。右足を引きずる相手の様子が気になった。

不思議なことに、橋のそばでは大勢の人影が交錯しているにもかかわらず、剣《けん》戟《げき》に気づいた者は誰もいない。

去ってゆく男の背中が、四つ辻に消えた。

油断をしていたら、斬られたかもしれぬ。

「まさに、逢魔だな」

男の正体が知りたいと、三左衛門はおもった。

静香という女に近づいただけで、命を狙われたのだ。

理由を知りたければ、兵藤平九郎殺しの裏に隠された秘密を探らねばならぬ。

「放ってはおけぬか」

三左衛門は腰を屈め、地面に転がった竹光の先端を拾いあげた。

八

翌夕。

おすずは奉公先から帰ってくるなり、興奮の面持ちでおまつに喋りかけた。

「おっかさん、今日ね、好《い》いことがあったんだよ」

「番頭さんに褒めてもらったのかい」

「ううん、ちがう」

「旦那さまにお小遣いをいただいたとか」

「ちがう、ちがう。そんなんじゃない」

「何だい。もったいぶらずに教えとくれ」

「うん」

はにかむ娘は髪型こそ銀杏返《いちょうがえ》しだが、十二歳にしてはずいぶん大人びてみえる。

四肢は牝鹿《めじか》のようにすらりと伸び、色白で美人なところは母親にそっくりだ。

「あのね、清次さんに声を掛けられたのさ」

「清次さんて」

「ほら、阿蘭陀屋の」

三左衛門の楊枝を削る手が止まった。

おまつはおすずに気取《けど》られぬように、さりげなく調子を合わせる。

「阿蘭陀屋の清次って言えば……あ、そうだ、おもいだした。おまえが岡惚れした色男のことだね」

「岡惚れなんて、そんなんじゃないよ」

おすずは頬を桜色に染め、ちらっとこちらを窺う。

艶《つや》めいた眼差しで睨《にら》まれ、三左衛門はどきりとした。

「ねえ、おすず。その清次っておひとには、阿蘭陀屋さんで声を掛けられたのかい」

「それがちがうの。お届けもので京橋《きようばし》まで行った帰り道でね、もし、お嬢さんって、後ろから声を掛けられたんだよ」

「もし、お嬢さんって。何だい、その気取《きど》った物言いは」

「だって、名は知らないはずだもの。でも、顔を見知っていたから、おもいきって声を掛けてみたんだって。ね、びっくりでしょう」

ふたりは肩を並べ、呉服町《ごふくちよう》まで歩いたという。

「それで、何を喋ったんだい」

「いろんなこと。でも、あんまりおぼえてないの」

「おやおや、すっかりのぼせあがっちまって」

「あ、でも、清次さんは何度も、おとっつぁんのことを聞いてたよ」

「ん」

三左衛門は訝《いぶか》しみ、横から口を挟んだ。

「わしの何を知りたがっていたのだ」

「元は幕臣なのか、それとも陪臣なのか。ふだんは何をしているのかって、しつこく聞くもんだから、わたし、ほんとうのことを喋ったの。じつは、血の繋《つな》がった父親じゃないんだって、そう言ったのよ」

「淋しいことを抜かすな」

「だって、ほんとうのことだもの。でもね、おとっつぁんはおとっつぁんだから、安心して」

「いいさ。で、ほかに何を聞かれた」

「照降長屋に住んで、どのくらいになるのかとか。奉公先でいじめられていないかとか、いろいろ。わたしのこと、親身になって聞いてくれたのよ」

おおかた、清次は静香にこちらの素姓を聞き、探りを入れる狙いで、おすずに近づいたにちがいない。

事情を知るおまつも、それと気づいていた。

ところが、肝心のおすずは舞いあがっているので、相手のよこしまな意図を見抜くことができない。

「おすず、だめだよ」

唐突《とうとつ》に、おまつが釘を刺した。

「ちょっと優しくされたからって、心を許すんじゃない」

「どうしてさ」

「どうしても。道端で声を掛けてくる男にろくなやつはいない。そんなことくらい、賢いおまえならわかっているはずだよ」

「心配しないで。清次さんは別なんだから」

おまつは、ふうっと溜息を吐いた。

「言いたかないけど、清次っておひとについては、あんまり芳《かんば》しい噂を聞かないんだよ」

「ひどい。噂だけで人の善悪をきめちゃいけないって、おっかさんはいつも言ってるじゃない」

「そのとおりだけどね」

「だったら、清次さんをわるく言わないで」

「おすず」

「なあに」

「わるいことは言わない。あいつだけはやめときな」

「あいつ呼ばわりしないで。いくらおっかさんでも、許さないよ」

おすずは母親譲りの啖呵《たんか》を切り、着物の裾をたくしあげるや、鉄砲玉のように外へ飛びだした。

「おい、待て」

追いかけようとする三左衛門を、おまつが制した。

「行かせちまいな」

「いいのか」

「平気さ。どうせ、腹が空いたら帰ってくるんだから」

夕食までには、まだかなりの刻がある。

おすずのことを案じつつも、清次をしばらく見張ってみるかなと、三左衛門はおもった。

九

張りこんで二日目の夜、清次が怪しい動きをみせた。

主である阿蘭陀屋吉兵衛の乗る宝仙寺《ほうせんじ》駕籠《かご》を追い、大伝馬町から柳橋に向かったのだ。

三左衛門は助っ人の仙三ともども、駕籠を追う清次の背中を追いかけた。

たどりついたのは一流の酒楼《しゅろう》が居並ぶ柳橋の外れ、界隈でも値の張ることで有名な『花柳楼《はなやぎろう》』という茶屋だった。

阿蘭陀屋は馴染《なじ》みらしく、門口で肥えた女将に迎えられ、華やかな座敷へと消えていった。

一方、清次は物陰に隠れ、しばらく様子を窺っていたが、四つ辻から夜鳴き蕎《そ》麦《ば》屋《や》の風鈴《ふうりん》が聞こえてくると、誘われるようにそちらへ足を向けた。

「けっ、行きやがった」

仙三が隣で舌打ちをかます。

「張りこむんなら、もっと真面目にやれってえの」

「まあ、そう言うな。腹が減ってはいくさもできまい」

三左衛門と仙三は、茶屋と四つ辻を同時に見張ることのできる物陰に移った。

「旦那、斬られたほとけの元女房と、あの清次って若造、ほんとうに通じているんですかね」

「通じているからこそ、おすずに探りを入れてきたのだ。清次はただの奉公人ではない。今夜のことにしたって、静香の指図で動いているのかもな」

あるいは、裏で糸を引く者がほかにいるのではないか。

「それにしても、奉公人が主の動向を探るってのはふつうじゃねえな」

三左衛門が顎《あご》をしゃくったさきに、黒塗りの網代《あじろ》駕籠が一挺《いっちょう》やってきた。

「仙三、あれを」

「旦那、闇《やみ》駕籠ですよ」

「ふむ、そのようだな」

駕籠から降りた人物は立派な身なりの侍で、頭巾《ずきん》で顔をすっぽり隠している。

提灯《ちょうちん》持ちのほかに、厳《いか》つい供侍《ともざむらい》をひとり伴い、茶屋の内へと消えていった。

清次はとみれば、いつのまにか、蕎麦屋から元の物陰へ戻っていた。

「旦那。あの野郎、身を乗りだしていやがる」

「お目当ての相手だってことさ」

「いったい、何者でしょうかね」

「さあな。阿蘭陀屋がこっそり逢わなきゃならない相手ってことだろう」

「ふん、悪だくみの談合かい」

「仙三、蕎麦でもたぐりにゆくか」

「え、よろしいんですか」

「少しくらいは平気だろう」

「へへ、そうこなくっちゃ」

ふたりは襟を寄せて駆け、四つ辻から離れてゆく屋台を呼びとめた。

暖簾《のれん》を振りわけ、親爺《や》に蕎麦を注文する。

蕎麦を肴《さかな》に熱燗《あつかん》を飲り、からだが温まったところで、また物陰へ戻った。

それから一刻半ばかり、冷たい川風に耐えながら待ちつづけた。

清次は壁際に張りついたまま、守宮《やもり》のように動かない。

見掛けによらず根性があるなと、三左衛門はおもった。

深更、亥《い》ノ四つ半（午後十一時）を過ぎたころ。

頭巾侍が女将に見送られ、門口にあらわれた。

「旦那、お出ましですよ」

「お、そうだな」

女将の背後には、阿蘭陀屋吉兵衛も控えている。

「まちがいない。あれは阿蘭陀屋の客だ」

「駕籠が出ますよ。追いかけますか」

「待て」

ふたりは、清次の動きを待った。

さきに行かせておいて、その背中を追いかける。

闇駕籠は柳橋を渡り、両国広小路《りようごくひろこうじ》を突っきった。

川沿いの道を南の薬研堀《やげんぼり》へ向かい、不意に提灯を消すや、横町に曲がる。

清次は尻っ端折《しりばしょ》りで追いかけ、三左衛門と仙三も後ろから駆けてゆく。

「仙三、罠《わな》かもしれぬぞ」

「へい、そのようで」

清次は疾駆《しっく》する勢いのまま、曲がり角に躍りこんだ。

「うわっ」

闇の狭間に声が響いた。

清次が地べたに転がり、何者かに追いたてられている。

白刃が淡い月影を反射させ、妖しく閃《ひらめ》いていた。

清次に白刃を翳すのは、厳つい供侍にほかならない。

三左衛門は駆けながら、大声を張りあげた。

「待て、待たぬか」

隣を走る仙三も「御用、御用」と叫んでいる。

供侍は棒のように立ちつくし、清次に縋りつかれて我に返った。

「ええい、放せ」

裾を握った清次を蹴倒し、本身《ほんみ》を鞘におさめるや、横町の暗がりに消えていく。

「仙三、追ってくれ」

「合点」

三左衛門は、俯《うつぶ》せになった清次のもとへ近づいた。

斬られた形跡はなく、気を失っているだけだ。

「ん」

何気なく手のひらを触ってみると、竹刀胼胝《しないだこ》があった。

「こやつ、侍か」

三左衛門は清次の身を起こし、背後から抱きかかえて活を入れた。

「うっ」

気づいた相手の耳許へ、そっと囁きかけてやる。

「こわっぱめ、世話を焼かせるな」

清次は息を詰め、身を強張《こわば》らせた。

「聞いても無駄だぞ。何ひとつ知らないからな」

「おい、誰にものを言うておる」

「うるさい。早く斬ってくれ」

「何だと」

清次は胡坐《あぐら》を組み、乱暴に吐きすてた。

「武士の情けだ。ばっさりやれ」

「やはり、おぬしは武士か」

「わかっておるのに聞くな。悪党め」

「妙なことを抜かすやつだな。おぬしは勘違いしておる。わしは頭巾侍の手下ではないぞ」

「え」

清次は首を捻り、ぎょっとする。

「あ、あなたは誰ですか」

「誰と言うて、通りがかりの者だ」

「今堀源之進《いまぼりげんのしん》はどうなったのです」

「厳つい供侍のことか」

「斬ったのですか」

「斬りはせぬ。怯んで逃げたのだ」

「逃げた。まさか、ほんとうですか」

「ああ、嘘は言わぬ」

清次は身を起こし、顔を近づけてくる。

「今堀源之進は、新宮藩屈指《くっし》と言われる甲源一刀流《こうげんいっとうりゅう》の手練《てだ》れです。互角に渡りあったとなれば、あなたも尋常ならざる遣い手に相違ない」

「立ちあったわけではない」

「でも、撃退なされたのでしょう」

「勝手に逃げたのさ。そんなことより、この顔に見覚えはないか」

顔をぐっと近づけてやる。

「あっ」

清次は、ぱっと身を引いた。

こちらの正体に気づいたのだ。

「やはり、見知っておったか。わしを見張ったな」

「いかにも」

「なぜだ」

「姉に近づいたからです」

「姉だと……それは、静香どののことか」

「はい」

「おぬし、舎弟《しゃてい》か。どうして、阿蘭陀屋に潜りこんでおる」

「喋るものか」

「冷静になれ。わしは敵ではない。敵なら助けはせぬ」

それもそうだと気づいたのか、清次はからだの力を抜いた。

「あなたは、いったい誰なんです」

「ご覧のとおり、気儘《きまま》暮らしの貧乏浪人さ。調べたかもしれぬが、女房は男女の縁をとりもつ十分一屋でな。ま、女房に食わしてもらっているようなものだ。あはは」

三左衛門の乾いた笑いを聞き流し、清次は眉間に皺を寄せる。

「まだ疑っておるのか」

「ええ、少し」

「ふふ、なるほど、色男だな」

おすずが岡惚れするだけのことはある。

「そういえば、おぬしにひとこと意見せねばならぬ。娘のおすずに探りを入れたところで、何ひとつ出てこぬぞ」

「え」

「娘はな、おぬしに声をかけられて、舞いあがっておる。あれはまだ十二だ。色恋のわかる年ではない」

「十二、そうなのですか。わたしはてっきり、十五かとおもっておりました」

「何で」

「聞きもせぬのに、そう聞かされたものですから」

「おすずにか」

「はい」

「ふうむ」

三左衛門は考えこむ。

おすずは年をごまかし、背伸びしてみせたのだ。

「ともかく、姑息《こそく》なことをするな」

「申し訳ありませんでした。されど、なぜ、姉に近づいたのです」

「静香どのに聞いておらぬのか」

「はい。詳しくはまだ」

流し雛を手渡すまでの経緯を告げると、清次はしんみりとした顔をする。

「義兄の死が、それほど悲しいのか」

「あたりまえです」

清次の目に嘘はない。

兵藤平九郎の死を信じているようだ。

「しっかりせぬか。血を分けた弟なら、おぬしが姉上を支えてやらねばなるまい」

「は、はい」

「よし。そっちの事情を聞こうか」

三左衛門は清次を立たせ、着物の埃《ほこり》を払ってやった。

十

清次を連れ、柳橋へとって返した。

向かったさきは、金兵衛の営む『夕月楼』である。

金兵衛は留守にしていたが、顔見知りの若い衆が二階座敷に案内してくれた。

腰を落ちつけた途端、清次の腹の虫がぐうっと鳴った。

「どんぶり飯でも食うか」

「いいえ、結構です」

「遠慮するな」

三左衛門は若い衆を呼び、飯とおかずと酒を頼んだ。

清次は落ちつかない様子で、腹の虫をぐうぐう鳴らしている。

「おぬし、酒は嗜《たしな》むのか」

「いいえ、一滴も」

「年はいくつだ」

「十九です」

「ほう、大人びてみえるな」

「店では二十三で通っております」

「二十三で通せば、何か良いことでもあるのか」

「手代になることができます。手代になって精進すれば、旦那さまに信用していただけます。信用を勝ちとることができれば、帳簿をまかせてもらえる。そうなれば、しめたものです」

「何やら裏がありそうだな。阿蘭陀屋に奉公して何年になる」

た。

静香が吉兵衛に見初められたころから、手代見習いとして奉公するようになった。

「二年と少しです」

血の繋がった姉と弟であることは秘密だという。

「よく雇ってもらえたな」

「阿蘭陀屋の客筋から紹介してもらいました。もっとも、わたしはその方を存じあげません」

「どういうことだ」

「他言無用に願えますか」

「無論だ。案ずるな」

「これは藩命なのです」

「なに」

身を乗りだしたところへ、若い衆が膳を運んでくる。

膳にはどんぶり飯のほかに、煮魚と香の物が添えてあった。

清次はかしこまったまま、ごくっと唾を呑みこんでいる。

「まあ、食え」

「はい」

清次は遠慮がちに箸を握り、飯を口に持ってゆく。

「う、美味《うま》い」

心の底からにんまりと笑い、飯をかっこみはじめた。

「餓鬼《がき》だな」

三左衛門はなかば呆れつつ、手酌《てじゃく》で酒を注《つ》いだ。

清次は煮魚も平らげ、煮汁を飯に掛けてかっこむ。

米一粒まで残さずに食べ、仕舞いにぺこりと頭を下げた。

「ごちそうさまでした」

「おう。腹ができたら、つづきを喋ってみろ」

「はい。わたしの本名は有田清三郎《ありたせいざぶろう》と申します。父は新宮藩の横目付でしたが、三年前、無念腹《むねんばら》を切りました」

「無念腹だと」

「少なくとも、姉とわたしはそう信じております。父の清右衛門《せいえもん》は阿蘭陀屋の関わった抜け荷の一件を調べておりました。調べがすすむなか、新宮藩の重臣が悪事に荷担しているとの感触を得、証拠を握ろうとしていたのです」

そうした矢先の出来事であったという。

「父は敵の罠に掛かったのです」

「重臣に塡《は》められたと申すのか」

「はい」

「誰だ、そいつは」

「新宮藩江戸留守居役《るすいやく》、日置主水之丞《ひおきもんどのじよう》にござります」

どうやら、闇駕籠に乗っていた頭巾侍のことらしい。

今堀源之進という供侍は、日置家の用人頭であった。

「父は抜け荷の証拠となる裏帳簿を苦労して手に入れ、これを御目付の片岡喜内《かたおかきない》さまに託しました。ところが、片岡さまは数日後、殿中にて不審死を遂《と》げてしまわれたのです。死因は定かではありませんが、何者かに毒を盛られたのではないかとの噂が立ちました。片岡さまに託した裏帳簿は忽然と消え、父の苦労も泡と消えました。それどころか、父は身に覚えのない冥加金《みようがきん》横領の濡《ぬ》れ衣《ぎぬ》を着せられたのです」

有田家は禄を召しあげられ、病弱な母も父のあとを追うように逝《い》った。嫁いでいた静香は嫁ぎ先から離縁されたが、なぜか、夫の兵藤平九郎も行動を共にし、藩を出奔してみせたという。

「驚いたな」

離縁した妻のために藩を捨てる夫など、聞いたこともない。だいいち、出奔を決断した瞬間から禄も身分も失い、路頭に迷わねばならぬのだ。

「義兄は、心ない連中に蔑《さげす》まれました。嫁に尻子玉《しりこだま》を抜かれた意気地無しだとか、武士の矜持《きようじ》を捨てた変わり者だなどと、嘲笑《ちようしよう》されたのです。義兄は竹を割ったような性分でした。姉のことを、誰よりもだいじにおもってくれていました」

だが、藩を出奔するという決断は、禄米取りの侍が容易にできるものではない。

「何か格別の理由があったのではないのか」

「義兄は多くを語りませんでしたが、敵方に拘束され、苛烈《かれつ》な拷問《ごうもん》を受けました。表向きは父が横領した金の行方を調べるというものでしたが、そんな金があろうはずもありません。義兄は父の指示を受け、抜け荷の証拠を握っているのではないかと疑われ、厳しい責め苦を受けたのです。おそらく、それが出奔の理由ではないかと。真実に目を向けようとしない藩に愛想を尽かしたのでしょう。いずれにしろ、姉とわたしにとって、義兄は神や仏のような人でした」

たとえ謂《い》われなき責め苦を受けたことが出奔の理由だったにせよ、夫婦の縁を絶ちきらずに禄を辞した潔《いさぎよ》さは得難いものだ。

「義兄は、鯨方《くじらかた》の役人でした」

「鯨方」

「はい。紀州の太地浦《たいじうら》や三輪崎《みわさき》、あるいは古座浦《こざうら》などで鯨漁を統《す》べるお役目で、紀州の諸藩にしかございません」

「すると、義兄どのは三年前まで紀州の領内におられたのか」

「姉もわたしもそうです」

腹を切った父親も紀州を拠点にしていたが、横目付という役目柄、江戸と国許とを頻繁《ひんぱん》に行き来していたという。

「禄を失ったあと、みなで江戸へ出てまいりました」

ところが、長屋暮らしをはじめて半年ほど経ったころ、ひょっこり訪ねてくる者があった。

「藩の者か」

「はい。されど、新宮藩の方ではございません」

「されば、紀州の」

「あ、いや。それ以上はご勘弁を。その方の素姓は、まだ申しあげられません」

ともあれ、父の死を無駄にしたくなければ協力せよと、清次たちはその人物に説得された。

「なるほど。おぬしらは指示に従い、阿蘭陀屋に潜りこんだ。それをもって、藩命と称したわけだな」

「はい。姉は茶屋の座敷にあがって吉兵衛の気を惹《ひ》き、わたしは素姓を偽《いつわ》ってお店《たな》奉公をはじめました」

自分たちで抜け荷の証拠を摑み、父の無念を晴らそうとおもったのだ。

「裏帳簿でも握ったのか」

「いいえ。そのかわり、抜け荷の証拠となるご禁制の品を手に入れました」

「それは何だ」

「申しあげられません」

「ふん、秘密が多いな」

清次は襟を正し、恐い目でじっと睨みつける。

「手助けをしていただけるのであれば、包みかくさず申しあげます」

「ほう。なぜ、わしに助けを請う」

「わざわざ、姉に流し雛を届けてくださいました。誠実《じつ》のある方でなければ、そのようなことはできますまい。されど、理由はそれだけではない。浅間さまが、お強いということです」

「わかるのか」

「ええ。今堀源之進を撃退なさったではありませんか」

「何度も言うが、立ちあってはおらぬ」

「ご謙遜《けんそん》なされますな。お見受けしたところ、あまりお強そうにはみえませんが、能ある鷹《たか》は爪を隠すの喩《たと》えどおり、とんでもなくお強いにきまっております。おそらく、わたしが生涯で立ちあった相手のなかでも、群を抜いておられましょう」

「生涯を語るほど、生きてはおるまい」

「まあ、そうですけど。これでも、郷里にある小野派一刀流《おのはいっとうりゅう》の道場で免状をいただく寸前までいきました」

「免状を貰うのと寸前とでは、天と地ほども差がある。それにな、稽古と実戦は別物よ。おぬし、ひとを斬ったことはあるまい」

「無論です。浅間さまは、おありなんですか」

「さて、どうかな」

はぐらかすように笑い、盃に手を伸ばす。

「仰《おっしゃ》らずとも結構です。失礼ですが、ご流派は」

「富田流だ」

「富田流と言えば、小太刀ですね。もしや、いざというときは、そちらの脇差を使われるのですか」

「まあな。この脇差が唯一の自慢だ。名匠越前康継《えちぜんやすつぐ》の手になる葵下坂よ。抜けば見事な濤瀾刃が妖しげな光彩を放つ」

「それを伺ったら、なおさら、助っ人を頼みたくなります。されども、初対面のお方に、命を捨ててくれとは申せません」

「どういうことだ。それほど危ないはなしか」

「義兄が斬られたことが、何よりの証拠です。兵藤平九郎は紀州でも名の知られた卜伝流《ぼくでんりゅう》の使い手でした。それが一刀で斬られたとなれば、刺客《しかく》は尋常ならざる手練れと考えてしかるべきでしょう」

「今堀はどうだ」

「そうかもしれません。今堀は残忍な男です。じつを申せば、義兄に責め苦を与えた張本人なのです」

「なるほど、因縁の相手というわけだな」

「今堀が直《じか》に手を下したのではないにせよ、義兄は敵方の手で葬《ほうむ》られたに相違ない。父につづいて、義兄までが……それをおもうと、口惜しくて仕方ありません」

つぎは、静香や絹や清次が命を狙われる番ではあるまいか。

三左衛門は、今堀源之進の取った行動をおもい浮かべていた。

なぜ、あのとき清次を斬らず、蹴倒したのであろうか。

「今堀は、わたしの素姓を知りません。わたしに責め苦を与え、背後で糸を引く者の正体を吐かせようと考えたのでしょう」

「おぬしも、義兄の二の舞になるところだったというわけだな」

「危ういところでした」

「抜け荷の証拠を摑んでおるなら、藩のしかるべき筋に訴えたらどうだ」

「とんでもない。安易に訴えたら、握りつぶされるにきまっております。われらが知りたいのは、阿蘭陀屋を使って私腹を肥やす黒幕の正体です」

「黒幕は新宮藩の江戸留守居役ではないのか」

「無論、日置主水之丞も深く関わっております。されど、黒幕は別におります。日置よりも数段、手強い相手です」

「と、いうと」

「ここだけのはなし、黒幕は紀州藩の重臣ではあるまいかと」

「なに」

五十五万五千石を誇る御三家の一角、紀州藩の重臣がこの一件に関わっているとなれば、容易ならざるはなしだ。

さすがの三左衛門も、膝の震えを禁じ得ない。

「やはり、無理なご相談でした」

投げやりな口調で言いはなち、清次は腰をあげかけた。

十一

翌晩、三左衛門はふたたび、夕月楼までやってきた。

ひとりでは手に余ると感じ、半四郎に相談を持ちかけたのだ。

「御三家が絡んでくるとなると、こいつは一筋縄じゃいかねえな」

「だからと言って、放っておくのも気が引けます。八尾さんのお立場としては、兵藤殺しの下手人も捜さねばならぬでしょうし」

「そこだ。厄介《やっかい》なのは」

半四郎は溜息を吐き、利休箸《りきゅうばし》で鍋をつっつく。

鍋は旬《しゅん》の野菜と魚を味噌《みそ》で煮込んだごった煮、固いものから追い追いに入れてゆくところから従兄弟煮《いとこに》とも称し、投句仲間の集まりではよく出される。鍋を囲むのは三人の男たちで、三左衛門と半四郎のほかには、楼主《ろうしゅ》の金兵衛が福々しい赤ら顔で灰汁《あく》を掬《すく》っていた。

「八尾の旦那。仙三によれば、昨晩の闇駕籠はまっすぐ浄瑠璃坂の新宮藩上屋敷へ戻ったそうですよ」

「そうか」

「ちょいと調べさせてみたところ、阿蘭陀屋は紀州さまの赤坂屋敷にも出入りしているようですな。付き合う相手は、御納戸頭《おなんどがしら》あたりでしょうか」

金兵衛は銚子《ちょうし》を提げて膝を躙《にじ》りよせ、半四郎と三左衛門に下り酒を注いだ。

「もちろん、新宮藩の留守居役とは切っても切れぬ関わりのご様子。花柳楼におきましては、接待役の阿蘭陀屋が舶来大尽《はくらいだいじん》、一方、賓客《ひんきゃく》の日置主水之丞は浄瑠璃どのなんぞという符牒《ふちよう》で呼ばれております」
「舶来大尽に浄瑠璃どのだと。けっ、ふざけやがって」
「新宮藩を治める水野家《みずのけ》と申せば、代々、紀州さまの付家老《つけがろう》を仰せつかっている
お家柄にございます。付家老にもかかわらず、三万五千石の御大名でもあられ
る。石高を眺めれば、いかに破格の扱いであるかが容易にわかろうというもの。
しかも、紀州さまという隠れ蓑《かくみの》があれば、何だって好き放題にできます」
皮肉を込めた金兵衛の台詞を、半四郎が鸚鵡《おうむ》返しに繰りかえす。
「何だって好き放題に」
「はい。抜け荷でも何でも。ふふ、一句浮かびましたぞ。大傘の内に隠れてわる
さする、知らぬは仏見ぬは神なり」
「ふん、戯れ句をひねりやがって。たしかにな、おめえの言うとおり、深入りす
れば大火傷《おおやけど》しそうな一件だぜ」
「しかも、浅間さんのおはなしでは、紀州さまのお膝元に黒幕が控えているかも
しれぬとか。もはや、町奉行所のお役人には手の出しようもござりませぬな」
「口惜《くちお》しいが、そのとおりよ」
町奉行は引っこみ、大目付の出番と相成るが、調べるさきは御三家の一角、紀

州徳川家の本丸である。　重臣が抜け荷に関わっているとすれば、藩主の責任も問われねばならぬ。　ところが、第十一代藩主の斉順は将軍家からの養子、千代田城でふんぞりかえる将軍家斉の七男にほかならない。

「どうせ、うやむやにされてちょんさ。そもそもよ、大目付でも太刀打ちできね相手に、どうやって挑みかかろうってんだ。おれはな、阿蘭陀屋に潜りこんでいる連中の気が知れねえ。ちがいますかね、浅間さん」

「仰るとおりです。されど、静香と清次の姉弟に抜け荷を探らせている人物というのが、どうも気にかかる」

「助っ人になってやると言えば、そいつの素姓が聞けるってわけか」

「ええ、たぶん」

三左衛門が応えると、半四郎が問いかけてきた。

「聞くだけ聞いて、あとは知らんぷりってのは」

「できますか、そんなこと」

「おっと、おっかねえ顔だな」

半四郎は肩をすくめ、盃に口を近づけた。

「ぷふう、上等な酒だ。金兵衛、こいつは満願寺か」

「ご名答。ささ、お注ぎいたしましょう」

「お、すまねえ」

半四郎は注がれた酒を干し、四角い顎を撫でまわす。

「やるとなったら、とことんやる。それが浅間三左衛門の生きる道ってか。でも、こいつは安請けあいのできるはなしじゃねえ。やっぱし、おれは聞かなかったことにするかな」

すかさず、金兵衛がからかった。

「知らぬは仏見ぬは神なり。されど、できますかな。巨悪を赦《ゆる》せぬ八尾半四郎に、見て見ぬふりが」

「できるさ。おれだって、もう三十一だぜ」

「無謀はできぬと、そう仰りたい」

「まあな」

「身を固めるおつもりですか」

「そんなんじゃねえ」

「されば、親ひとり子ひとり、だいじな母上さまを悲しませるわけにはまいらぬとか」

「理由なんざねえさ。三十一にもなりゃ、できることとできねえことの分別もつく」

「おや、旦那らしくもない」

金兵衛は大仰《おおぎょう》に驚いてみせた。

「ちっ、焚《た》きつけやがって」

半四郎は箸で鍋を掻きまわし、舌打ちをかます。

「荷が重いぜ。どっちにしろ、表だっては動けねえ。十手を隠し、裏で動くしかあるめえ」

「動かれるのですな」

「ああ」

「ぬふふ、そうこなくっちゃ。浅間さん、ようござんしたね」

金兵衛に微笑みかけられ、三左衛門は頭を掻いた。

「ありがたい。八尾さんに加勢していただければ、百人力だ」

「あんまり期待してほしくねえな」

半四郎は銚子を提げ、三左衛門の盃に酒を注ぐ。

「浅間さん。抜け荷だの黒幕だのってはなしは、この際、どうだっていい。おれが心配《しんぺえ》してんのは、遺された連中の命さ」

「まったく、仰るとおりです」

　このまま放っておけば、静香も絹も清次も素姓をあばかれ、敵方に消されてしまう公算は大きい。

「命を救ってやるためにゃ、何よりもまず、敵の正体を見極めなくちゃならねえ。見極めたら、先手を打って潰す。そこまでの覚悟がいるってことだ」

「おやおや、素姓も知れぬ相手を潰す気でおられる」

　金兵衛は扇子《せんす》をひらき、半四郎の火照《ほて》った顔に風を送った。

「おふたりとも、一文にもならぬことに命を賭けたがりますな。いつもそうだ。危なっかしくてみていられません」

「金兵衛よ、焚きつけたのは誰だ。おめえだって、危ねえ橋を渡るのは嫌いじゃあるめえ」

「旦那方に振りまわされているだけですよ」

「よし、きまりだな。浅間さん、清次とかいう若造に色よい返事をしてやるといい。大船に乗った気でいろとね。ふほ、ははは」

　いつにもまして心強いことばだが、三人はすでに二升ほど空けていた。

素面《しらふ》のときに今いちど、半四郎の意志を確かめてみなければなるまい。

三左衛門は満願寺を胃袋に染みこませながら、そんなふうにおもった。

十二

弥生《やよい》三日。

大川の水が、徐々に海のほうへ退いていく。

大潮でもあるこの日、空は朝からどんより曇っていたが、巳ノ刻（午前十時）を過ぎると曇天に裂け目が入り、雛人形を捧げる娘の横顔に清明《せいめい》の光が射しこんできた。

「僥倖《ぎようこう》か」

清次が空を仰ぎ、誰に聞くともなしにつぶやいた。

不正を暴き、世に知らしめ、父と義兄の無念を晴らしたい。

若者の純粋なおもいが天に届くようにと、三左衛門も祈らずにはいられない。

遺された者たちの悲願は、これより淡島明神の御利益がある雛人形に託される。

桃の節句に雛を流す習慣は、江戸にはない。それでも、遠い故郷をおもいつつ、女雛と男雛に願いを託して川に流そうとする者たちはいる。

七つの娘は母に手を引かれ、父の屍骸がみつかったという百本杭までやってきた。屍骸のあった場所に線香を立て、じっと祈りを捧げたあと、裸足《はだし》になって汀《みぎわ》に近づいていったのだ。

三左衛門とおまつ、それから清次の三人は少し離れて、絹が雛人形を流す厳《おご》そかな光景を見守っている。

「おまえさん、精霊流《しょうりょうなが》しのようで淋しいねえ」

おまつのことばに、三左衛門は黙って頷いた。

「さあ、そろそろ流しましょう」

静香が白い手を翳し、絹の背中をそっと押す。

父の形見の雛人形は、娘の手で汀に置かれた。

流れてゆく。

人形を乗せた藁舟は杭と杭の狭間を縫うように擦りぬけ、大川の流れに拾われていった。

「ああ、行っちまった」

揺れながら遠ざかる藁舟は、逝った者の魂を運ぶ渡し船でもあった。

この世への未練や妄執《もうしゅう》を断ちきって、死者を彼岸へ旅立たせてやる。雛流しは、遺された者らに訣別《けつべつ》を決心させる試練のときでもあった。今日を境に、あのひととは二度と会うことはかなわぬ。そんなふうに区切りをつけさせられているようで、傍で眺めているほうも、しんみりとした気分にさせられた。

絹はたいせつな役目を終え、安堵《あんど》したように微笑んでいる。おそらく、自分だけの小さな夢を雛人形に託したのだろう。遠い目をする娘のかたわらで、母は声も出さずに泣いていた。

「どうしたの、なぜ泣くの」

娘に問われても、しかとは応えられない。ただ、とめどもなく涙が溢《あふ》れでてくるようだった。

三左衛門はさきほどから、奇妙な感覚を抱いていた。死んだはずの兵藤平九郎が汀に佇《たたず》んでいるかのような、ありもしない錯覚にとらわれているのだ。

「さあ、絹、これでお仕舞いね」

静香の声が聞こえてきた。

「おまえさん、ほら」

おまつに袖を引かれて顔を向ければ、母と娘が深々と頭を下げている。

三左衛門も応じてみせたものの、もどかしいおもいから逃れられない。

ふと、おもいつき、そばに立つ清次に問うてみた。

「兵藤どのは、今堀源之進から酷い責め苦を受けたと申したな」

「はい」

「いったい、どのような責め苦を受けたのだ」

「口にするのも嫌ですが、笞《むち》打《う》ちに石抱き、海老《えび》責《ぜ》めに釣《つり》責《ぜ》め、何でもありだったようです」

「まるで、極悪人扱いだな」

「されど、義兄は屈しませんでした。過酷な責めを耐えぬき、晴れて解き放ちになったのです」

「誰の口利きで救われたのだ」

「それはまた、いずれ。わたしたちの行く末に活路を見出してくれた恩人とだけ申しあげておきましょう」

おそらく、阿蘭陀屋への潜行を命じた人物にちがいない。

清次は、苦い顔でつづけた。

「戻ってきた義兄は、片方の足を引きずっておりました。ひどいはなしです。今堀がやったのか、あるいは配下がやったのか、義兄は何ひとつ喋りませんでしたが、鞘の鐺《こじり》で足の甲を潰されたのです」

「足の甲を……ちょっと待て」

三左衛門は、ごくっと空唾を呑んだ。

「引きずっていたのは右足か、それとも左足か、どっちだ」

「右足ですが、どうかなされましたか」

三左衛門は応えるかわりに、低く唸った。

夕河岸の喧噪も消えた薄闇の彼方《かなた》に、思案橋《しあんばし》が白く浮かんでいる。

こちらに背をみせた大男は、あきらかに、右足を引きずっていた。

「まさか……あれは」

「浅間さま、どうなされたのです」

「い、いや……何でもない」

あのとき対峙した相手は、生身の人間だったのか。

竹光で打った感触さえ、しかとはおぼえていない。

今となっては、夢の中の出来事だったような気もする。
三左衛門は腰帯に手をやり、そっと竹光を抜いた。
あのときのまま、先端は欠けている。
やはり、兵藤は生きているのだろうか。
ふと、敵意の籠もった眼差しを感じた。
静香が蒼褪《あおざ》めた顔で、じっと睨んでいる。
夫は生きている。でも、けっして口にしてはならない。
とでも言いたそうな顔だ。
直感がはたらいたのだろうか。
それとも、最初から何かを知っていて、隠し事をしているのか。
尋ねたところで、まともな返答は得られまい。
それに、兵藤平九郎が生きていると、まだきまったわけではないのだ。
おまつに袖を引かれ、三左衛門は我に返った。
「おまえさん、恐い顔して、いったいどうしちまったの」
「別に、どうもしておらん。わしは、ふだんどおりさ」
空はふたたび厚雲に閉ざされ、川は灰色に沈んだ。

「母上、ほらあれ」

幼い絹が、嬉々として声を張りあげる。

霞《かすみ》たなびく墨堤《ぼくてい》を見渡せば、幾千幾万という桜のつぼみが春を謳歌《おうか》すべく、ほころびかけていた。

無双《むそう》の海

一

蒼海《そうかい》をのぞむ袖《そで》ヶ浦《うら》に、春の嵐が吹きあれている。

春風の狂うは虎《とら》に似たりともいうが、風の強さは東海道《とうかいどう》に沿って植えられた松の幹も撓《たわ》むほどで、八尾半四郎は飛ばされそうな小銀杏髷《こいちょうまげ》を押さえながら、必死に砂浜を駆けおりていった。

「すわっ、春の椿事《ちんじ》」

花散らしの強風が吹くこの時季は、妙なことがよく起こる。

芝浦《しばうら》に鯨《くじら》が打ちあげられたと聞き、半四郎は別の用事で足を運んでいた高輪《たかなわ》の大番屋から押《お》っ取《と》り刀《がたな》で駆けつけてきた。

着いてみると、波打ち際の一角は黒山の人だかり。黒羽織を纏《まと》った同心はひとりもいない。一番乗りのようだった。

「退《ど》け、退け」

朱房の十手を翳《かざ》して野次馬を掻きわけ、人垣の前面に躍りでる。

「うわっ」

驚いた。

巨大な黒いかたまりが、長々と横たわっている。

鯨だ。

しかし、その鯨もさることながら、半四郎はもうひとつの椿事を目の当たりにした。

異様に背の高い紅毛碧眼《こうもうへきがん》の男が、鯨のかたわらで胸を張っている。

頭には羽飾りの付いた三角帽、金で縁取りされた襟の高い阿蘭陀服《おらんだふく》、筒のような阿蘭陀袴、腰には細長い西洋刀《サーベル》を帯び、足には黒い革靴を履き、みずからの雄姿を随行の絵師らしき男に描かせているのだ。

「夢か」

半四郎は目を擦った。

そこへ、賢《かしこ》そうな通詞《つうじ》が近寄ってくる。

「お役人、かのお方はカピターンのヨハン・ウィレム・ド・スチュルレルさまにございまする」

「はあ」

惚《ほう》けた顔をする半四郎に向かって、通詞は困ったように微笑んだ。

「四年に一度おこなわれる阿蘭陀使節団の参府《さんぷ》にございます。異人三名、和人百余名からなる使節団が長崎出島《でじま》よりまかりこしました」

「げえっ」

半四郎は振りむいた。

人垣をつくる野次馬の大半は、阿蘭陀商館長《カピタン》の随員なのだ。

行列を組んで東海道をのんびり歩いてきたところ、鯨に出くわしたのである。

「わたしは通詞の名村八太郎《なむらはちたろう》と申す者、カピターンは鯨との模写が済みましたら速やかに退去いたします。ひらにご容赦いただきたい」

「詮方《せんかた》あるまい」

半四郎はようやく事情を把握《はあく》し、ほっと溜息を吐いた。

するとそこへ、天鵞絨《ビロード》の黒衣を纏《まと》った別の異人がぬっとあらわれた。

「うえっ」

おもわず、半四郎は仰けぞってしまう。

異人は背が高く、骨張った顔をしていた。眉や鬢《びん》が太く、目玉の色は淡い。ただ、眼差しは優しげで、人懐《ひとなつ》こそうな印象を受けた。

「こちらはドクトール・フォン・シーボルト、ご高名なお医者さまにござります」

「はあ、そうですか」

シーボルトは早口で異国語を喋り、白い歯をみせて笑った。

「おい、通詞。何と仰《おっしゃ》ったのだ」

「お役人が手にされているのは武器のようだが、どうやって使うのかと聞いておられます」

「十手のことか」

「はい」

「ふむ、十手はな、こうやって握る。鈎《かぎ》の手で賊の刃を搦《から》めとり、こんなふうに眉間《みけん》を打ち、はたまた弁慶《べんけい》の泣き所を打つ」

実演してみせると、シーボルトは興奮の面持ちで拍手《はくしゅ》する。

名村が囁いた。

「柄に付いてる朱い房は何だと、ドクトールが聞いておられます」

「これか。まあ、飾りだな」

名村が通訳すると、シーボルトは子供のように喜んだ。

いつまでも付き合っていられない。

「ところで、鯨は生きておるのか」

「いいえ、死んでおります。可哀相に、腹を深々と抉《えぐ》られているのですよ」

「え、そうなのか」

半四郎は彫像のように立ちつづけるカピタンに気を遣いながら、鯨のそばへ近づいていった。

シーボルトと名村が、離れずに背後から従いてくる。

「くう、凄まじい臭いだな」

鯨の死骸は巌《いわお》のように蹲《うずくま》り、ぴくりとも動かない。

大きな目玉が海水に洗われ、泣いているかのようだ。

名村が声を掛けてくる。

「憐れなものだと、ドクトールも仰っております」

半四郎は手拭いで口を覆い、傷口のほうへ足をはこんだ。

「この傷は鱶《ふか》がやったんじゃねえ。人間が刃物で剔《えぐ》った傷だぜ」

シーボルトも屈みこみ、真剣な顔で傷口を検分する。

少しばかり思案し、何事かを喋るや、納得したように頷いた。

「おい、通詞。ドクトールは何と」

「密漁者の仕業だろうとのことです。狙いは琥珀玉《こはくぎょく》に相違ないと」

「琥珀玉」

シーボルトは髪を掻きながら難しい顔で説《と》き、名村が矢継《やつ》ぎ早《ばや》に通訳してみせる。

「琥珀玉とは表面が滑らかなる飴色《あめいろ》の宝玉ですが、それと色形の似た結石が鯨の腸内にできるそうです。結石とは人でいえば疝気《せんき》の原因《もと》となる石のことですが、鯨のつくる結石は何とも言えぬ香気があるので竜涎香《りゅうぜんこう》と称され、香料としても売買されます。清国などではとんでもない高値がつくため、密漁者があとを絶たないのです」

「ふうん、竜涎香なあ」

シーボルトがまた早口で喋った。

「通詞、何だって」

「はい。ドクトールは、海の向こうの上海《シャンハイ》で、ひと抱えもある竜涎香を目にしたことがおありだとか」

「ひと抱え、そいつはでけえな」

「はい。その竜涎香はしばらく海上に漂っていたため最上質の代物であったとか。そうやって自然に排出されたものなら咎《とが》はありませんが、欲得ずくで琥珀玉だけを狙い、鯨の腹を割くような行為はとうてい許し難く、そうした所業は極刑に値すると、ドクトールは仰せです」

「ほほう、そこまでお怒りになられるか」

なかなか骨のある人物だなと、半四郎は感服した。

見上げれば陽光は冲天《ちゅうてん》にあり、光の粒が波間に煌《きら》めいている。

カピタンの一行はいつのまにか、松林のほうへぞろぞろ歩きはじめていた。

「では、これにて、お暇《いとま》申しあげねばなりません」

名村がぺこりとお辞儀すると、シーボルトが握手を求めた。

半四郎が袴で拭いた右手を差しだすと、力強く握ってくる。

なぜか、腹の底から得も言われぬ感動が湧きあがってきた。

「道中、ご無事で」

おもわず投げたことばに、シーボルトは満面の笑みで応じた。

「かたじけない」

流暢《りゅうちょう》に発するや、天鵞絨の黒衣をひるがえし、名村とともに遠ざかってゆく。

半四郎は海風に吹かれながら、握られた手のひらをみつめた。

二

カピタンの一行が芝浦で鯨に遭遇《そうぐう》した椿事は瓦版《かわらばん》にも摺られ、江戸じゅうの知るところとなった。しかし、カピタンには何のお咎めもなく、千代田城における公方《くぼう》への接見は滞《とどこお》りなくおこなわれたようだった。

濠端を眺めれば、黄金色の金鳳花《きんぼうげ》が帯状に群落をつくっている。

浅間三左衛門が百本杭で浪人の屍骸《むくろ》をみつけてから、一ヶ月が経とうとしていた。

半四郎はふとそのことをおもいだし、照降長屋へ足を向けてみた。

午後のやわらかい陽光が露地裏にも射しこみ、長屋は気怠《けだる》さに包まれている。

野良猫といっしょに木戸を抜け、半四郎はどぶ板を踏みつけた。

同心の黒羽織など珍しくもなんともない、とでも言いたげに、長屋の嬶《かか》ァたちは欠伸《あくび》を嚙みころしている。

「うわあ、同心だ、同心だ」

洟垂《はなた》れどもが駆けてきた。

「くえっ」

歯を剝《む》いて威嚇《いかく》し、稲荷明神《いなりみようじん》のほうへ臑《すね》を向ける。

九尺二間《くしやくにけん》の狭苦しい部屋を訪ねてみれば、おきちを背に負った三左衛門が上がり端で内職の扇絵《おうぎえ》を描いていた。

「ふふ、精が出ますなあ」

「おや、これはおめずらしい」

「ちょっとそこまで来たもんでね」

「ま、どうぞ」

三左衛門は、板の間に散らばった扇を片付けはじめる。

「あいにく、おまつもおすずもおりませんでね」

「わかっておりますよ」

三左衛門は奥に引っこみ、茶を淹《い》れようとする。

「浅間さん、おかまいなく。長居する気はありませんから」

「まあ、そう仰らずに。もうすぐ、おまつも帰ってくるでしょうから。おっと、酒のほうがよかったかな」

「いいえ、お茶で結構」

「ほいほい」

「おまつさん、今日はどちらへ」

半四郎は出涸《でが》らしの生温《なまぬる》い茶を啜り、おきちの寝顔を覗きこむ。

三左衛門は絵筆を仕舞いながら、さりげなく応じてみせた。

「大伝馬町の阿蘭陀屋へまいりました」

「え、まさか、危ないことをさせているのじゃないでしょうね」

「ご心配なく。阿蘭陀屋には箱入り娘がおりましてね、お内儀に見合い話を持ちこむのだそうです」

「よりによって、阿蘭陀屋を選ぶとはね」

「近頃は、とんとめでたいはなしがないものですから、少々、おまつも焦っているのでしょう」

「阿蘭陀屋の娘に見合った相手とは」

「京橋にある蘭癖《らんぺき》菓子商の若旦那だとか」

「蘭癖菓子商ねえ」

「甘菓子には阿蘭陀産の砂糖が使われます。阿蘭陀の船来品を扱う者同士、気の合わないはずはないというわけで」

「なるほど、さすがはおまつどの。目の付けどころがちがう」

「さあ、どうだか。阿蘭陀屋の娘は双親《ふたおや》に甘やかされて育った我《わ》が儘娘《ままむすめ》、菓子屋のほうは札付きの放蕩《ほうとう》息子だそうで。そんなふたりがまともにくっつくはずもないというのが、どうやら、世間さまの常識だとか。おまつは常識を覆《くつがえ》してやると、意気込んでおる次第」

「ふふ、気丈なおまつどのらしいはなしだ。顛末《てんまつ》が見物だな」

「ところで、砂糖と申せば、阿蘭陀屋に潜りこんでいる清次から耳寄りなはなしを仕入れました」

「ほう、どのような」

「砂糖といえば長崎の出島糖、出島糖と言えば阿蘭陀屋。やはり、阿蘭陀屋吉兵衛は相当な悪党です。ご禁制の危《あぶ》な絵《え》や書画骨董《しょがこっとう》なんぞと交換に、阿蘭陀船から大量の砂糖を仕入れ、会所《かいしょ》も通さずに闇で売りさばき、しこたま儲《もう》けているようでね。すでに、静香と清次は動かぬ証拠をつかんでいるらしい」

「抜け荷の品ってのは、砂糖だったのか」

「じつは、砂糖より、数倍も儲かる宝物があるそうです」

「ほう」

「まだはっきりと教えてもらったわけではありませんが、どうやら、鯨に関わりのある品らしい」

「鯨か。あっ」

半四郎は膝を打った。

「もしや、それは竜涎香では」

「竜涎香。はて」

考えこむ三左衛門に対し、半四郎は芝浦での経緯《いきさつ》を喋った。

「鯨の件は瓦版でも読みましたぞ。なるほど、腹を抉られた鯨に紅毛人か。何だか、すごいはなしだなあ」

「カピターンですよ、カピターン」

「お羨《うらや》ましい。わたしもお目に掛かりたかった。しかし、そのドクトール・フンボルトという方はずいぶん物知りですねえ。八尾さんの仰るとおり、ご禁制の宝物というのは竜涎香のことかもしれない」

「フンボルトではなく、シーボルトですよ。ま、どちらでもかまわないが、ほとけになった兵藤平九郎はたしか、新宮藩の鯨方でしたよね。ひょっとしたら、竜涎香を追って鯨方に就《つ》いたのかも」

「どういうことです」

「これはまだ推測の域を出ませんが、鯨方に就いたのは、阿蘭陀屋の抜け荷を探るための手管ではなかったかと。すなわち、兵藤平九郎は紀州藩あたりから遣わされた隠密だったのではあるまいか。ふと、そんなふうにおもったものですから」

新宮藩の横目付と接触し、娘の静香を娶《めと》ったことも、絹という娘までもうけたことも、すべては隠密である身分を隠すための方便だったのかもしれないと、半四郎は言う。

「飛躍しすぎでしょうか」

「いや」

三左衛門は首を振った。

「そんなことはない。八尾さん、じつは、ずっと黙っていたのですが、兵藤平九郎は生きているかもしれない」

「え」

驚く半四郎に向かって、三左衛門は思案橋の手前で覆面の男に襲われた経緯をはなした。

「覆面の男が兵藤だと仰る」

「はい。兵藤平九郎は出奔直前に新宮藩の拷問蔵で酷い責め苦を受け、鞘の鐺で右足の甲を潰されたそうです。わたしを襲った男も、右足を引きずっておりました」

「ん、そのはなし、聞き捨てならねえな」

半四郎は、べらんめえな口調で吐きすてる。

「鯨と出くわした日の晩、従前から追っていた辻強盗の一味を高輪の大木戸跡そばで捕まえましてね」

一味は五、六人からなる食い詰め浪人の集まりだった。白昼堂々のかっぱらいから辻斬りまで悪事のかぎりを尽くし、釜茹《かまゆ》でにしても足りない悪党どもにほかならなかった。

「大捕物の末に捕まえてみると、そいつらは弱音を吐いた」

佐久間敬吾《さくまけいご》という首領格の男が一ヶ月前に忽然とすがたを消し、それからというもの、すっかり運に見放されてしまった。

「おそらく、佐久間という狡賢《ずるがしこ》い男が阿呆《あほう》な無頼漢どもを統《す》べておったのでしょう。そやつがおらぬようになって、残りの連中は歯止めが利かなくなり、顔を晒して辻強盗を繰りかえしたので、人相書も随所に撒かれた。江戸から逃れようにも、盗んだ金は使い果たし、路銀もない。近いうちに捕まるのは覚悟していたと、かように口を揃えたのです」

さらに突っこんで糾《ただ》すと、一味は年明け早々に商家を襲撃していた。

薬研堀の三泉堂《さんせんどう》という薬種問屋を襲い、主の平右衛門《へいえもん》と奉公人たちを撫で斬りにした挙《あ》げ句《く》、金品を強奪したという。

とりわけ悲惨な出来事であったにもかかわらず、世間には報《しら》されなかった。

というよりも、奉行所の判断で隠蔽《いんぺい》された。

半四郎によれば、ひとつには盗人一味を捕縛《ほばく》できずにいたこと、ひとつには幕閣から町奉行に圧力がかかったこと。その二点が理由だった。

「一味にはなしを持ちこんだのは、鈴木某《なにがし》という浪人だったそうです」

鈴木某が佐久間敬吾を説き、三泉堂を襲わせた。ところが、ほんとうの狙いは金品ではなく、文箱《ふばこ》ひとつであったという。

「文箱はその夜のうちに、佐久間から鈴木某の手に渡ったらしい。文箱の中味まではわからねえ。消えた佐久間だけが知っていた。ともかく、文箱と交換に大金が手に入る段取りだった。でも、うめえはなしにゃ罠がある。佐久間は数日後、金を貰いに出向いたきり、二度と帰《け》えってこなかった。考えられることはふたつ。手にした大金を抱えて逃げたか、呼ばれた相手に斬られたか」

「八尾さん、鈴木某の特徴は」

「誰ひとり顔を覚えちゃいねえ。大柄か小柄かもわからねえ。ただ、ひとつだけ、悪党どもの記憶に残っていたことがある。鈴木某は、片方の足を引きずっていた」

「なるほど」

「兵藤平九郎も、右足を引きずっていたのでしょう」

「ええ」

「鈴木某ってのは、兵藤かもしれねえ」

「浪人どもを焚きつけ、三泉堂を襲わせたと。しかも、文箱ひとつを盗むために」

「今ここで筋を描けと言われれば、そういうことになる」

「すると、八尾さん、百本杭の屍骸というのは」

「佐久間敬吾かも」

「身代わりにしたってことか」

三左衛門が難しい顔で腕組みをしたところへ、おまつがひょっこり帰ってきた。

「あら、八尾の旦那」

「こりゃどうも。縁結びのこと、お聞きしましたよ。例の甘いふたり、首尾のほうはいかがかな」

「我が儘娘に放蕩息子、このふたりを結びつけることができりゃ、逆立ちして桜《さくら》田門《だもん》を潜ってやると、阿蘭陀屋のお内儀さんに笑われました」

「はは、そいつはおもしれえ。で、おまつどのはあきらめた」

「とんでもない。かえって、火を点《つ》けられましたよ。こうなったら、一世一代の大仕事。ふたりがめでたく結ばれたあかつきには、阿蘭陀屋さん秘蔵の宝物を頂戴したいと、冗談半分に持ちかけたんです。そうしたら何と、お内儀さまではなしに、旦那さまのほうがその気になりましてね。部屋の奥から本物の宝物を引っぱりだし、ご披露《ひろう》してくださいました」

「本物の宝物」

「ええ。握り拳《にぎりこぶし》ほどもある飴色の玉ですよ。正直、欲しくて涎《よだれ》が出ちまってねえ。何でも、竜涎香とかいうお宝だそうで」

半四郎と三左衛門は、おもわず顔を見合わせた。

「そりゃ、あたしだって驚きましたよ。鯨の尻から飛びだした石だっていうじゃないですか。鯨のからだで使えるのは、肉と脂だけじゃないんですねえ。おほ、おほほほ」

おまつは小鼻をひくつかせ、朗《ほが》らかに笑ってみせた。

三

三泉堂なる薬種問屋が襲われた件は、半四郎が詳しく調べることになった。

三左衛門のもとには清次があらわれ、差配役と会わせてもらえる段取りができたと告げられた。

万物に恵みの雨が降る穀雨《こくう》の終わり、三左衛門は御高祖頭巾《おこそずきん》をかぶった静香に導かれ、あやめ河岸の船宿へやってきた。清次は店から抜けられず、静香が代わりに水先案内をつとめることになったのだ。

遠ざかる猪牙《ちょき》の水脈《みお》が、星屑《ほしくず》を煌《きら》めかせている。

「ほんとうに、よろしいのですか」

静香は、助力を申しでた三左衛門の厚意を素直には受けとれないようだった。

むしろ、訝《いぶか》しんでいる。無理もなかろう。何の関わりもない浪人が見返りも期待せず、みずから厄介事に首を突っこもうというのだ。

なぜ、という疑念が生じるのはあたりまえで、当初、静香は助力を拒んだ。

そのとき、三左衛門は言ってやった。

「わしを誘ったのは、無残な死を遂げたご亭主だ。このまま手を引いたら、夢見がわるい」

「そこまで仰るなら、お引きあわせいたしましょう」

静香は遠慮がちにこぼし、阿蘭陀屋の探索を命じた差配役に会う機会をつくった。

桟橋には、猪牙が何艘か繋がれていた。

川面はしんと静まり、遠くで魚が跳ねた音さえ聞こえてくる。

船宿の二階で待っていたのは、五十がらみの古武士然とした侍だった。

反りかえった眉に鋭い眼光、面長の厳《いか》めしい顔のなかで、大きな口がへの字に曲がっている。

三左衛門は差配役の眼力に威圧され、挨拶の声も小さくなった。

「静香の口から、拙者の素姓は聞いたのか」

「いいえ」

「されば、言おう。わしは柏木陣内《かしわぎじんない》。紀州藩大目付、江頭源丞《えがしらげんじょう》さま配下の密事与力である」

「はあ」

予想を超えた大物の登場に、三左衛門は面食らった。

「拙者、浅間三左衛門と申します」

「われらに助力していただけるとか。そのように、かしこまらずともよかろう。さ、もそっと近《ちこ》う。一献《いっこん》つかわそう」

川風の迷いこむ座敷には、酒膳の仕度がととのえてあった。

銚子をかたむけられ、三左衛門は盃を差しだす。

隅に控える静香が、申し訳なさそうに口を利いた。

「あの、差配役さま、わたくしはいかがいたしましょう」

「ふむ。誰かに送らせるゆえ、おぬしはさきに帰っておれ。幼い娘をひとり家に残して心配であろうからな」

「それでは、失礼いたします」

静香は丁寧にお辞儀をし、階段を降りていく。

残ったふたりは、あたりさわりのない世間話をしながら酒を酌《く》みかわした。微酔《ほろよ》い気分になり、次第に緊張も解けてくる。

桟橋からは船頭の声が聞こえ、窓外には猪牙の艫灯《ともあか》りが揺れていた。

柏木は盃を置き、眸子《まなこ》を細めた。

「さて、本題にはいろうか。おぬしの狙いは何じゃ」

「はあ」

「しらを切らずともよい。どうせ、金子《きんす》目当てであろうが。静香に近づいた経緯は聞いた。百本杭で浪人の屍骸をみつけたそうだな」

「はい」

「ふん、小賢《こざか》しい」

柏木は鼻を鳴らし、手酌の酒を一気に干した。

「屍骸の素姓を探っていったら、静香のもとへたどりつき、ついでに阿蘭陀屋が抜け荷に手を染めていると知った。抜け荷にはどうやら、紀州藩や新宮藩の重臣も関わっているようだ。ひょっとすると、この一件は金になる。そんなふうに、鼻を利かせたのであろう」

三左衛門は、やれやれといった体《てい》で肩を落とす。

「信じていただけぬわけですか」

「どこの馬の骨とも知れぬ者を信じるわけにはいくまい」

「ごもっともです」

「出ていけと言いたいが、このまま帰すわけにもいかぬ」

柏木はふわりと立つや、背後の刀掛けに手を伸ばす。

「ほあ……っ」

片膝立ちで抜刀し、水平斬りを仕掛けてきた。

「うぬっ」

三左衛門は避けもしない。

脇差を縦に構え、がしっと柄《つか》で受けた。

受けると同時に弾きかえし、葵下坂を抜きはなつ。

鋭い一閃《いっせん》が脇腹を襲い、柏木の袂《たもと》がすっぱり切れた。

と同時に、黄金の小判がじゃらじゃらと、畳に落ちてくる。

「おぬし、できるな」

柏木は不敵な笑みを浮かべ、本身を鞘におさめた。

三左衛門も、脇差をおさめる。

「ためしたのですか」

「さよう。わしは甲源一刀流の免状持ちよ。本気の一刀が苦もなく弾かれたわ」

「本気とはおもえませなんだが」

「ふふ、わかるのか。いずれにしろ、それだけの力量があれば、買ってもよい」

「と、仰ると」

「ある男を斬ってほしい」

「え」

「五十両払おう。畳に散らばった金は前金だ。ぜんぶくれてやる。さあ、拾っていくがいい」

三左衛門は座ったまま、手を出しあぐねた。

「迷う余地はあるまい。五十両は大金ぞ」

「人斬りの報酬《ほうしゅう》としては、いかがなものでしょう」

「足りぬと申すか。欲をかけば墓穴を掘るぞ。ふふ、ひとつ教えておいてやろう」

柏木は薄い唇を舐め、にやりと笑う。

「百本杭でおぬしがみつけた屍骸のことだ。あれは、兵藤平九郎ではない」

「えっ」

三左衛門は咄嗟《とっさ》に、驚いたふりをしてみせた。

「ふふ、驚いたようだな。わしは妙だなと察し、役人から調書の写しを手に入れた。太刀筋から推して、下手人は兵藤だ。あやつは卜伝流の兜割《かぶとわ》りを使う。屍骸になったと偽ってわしを裏切り、密かに敵の子飼いとなったに相違ない」

「斬ったのが兵藤平九郎だとすれば、斬られたのは誰なのです」

「さあ、知らぬ。どうせ、そこらの野良犬だろう。わざわざ、からだつきの似通った相手を捜し、身代わりにしたのだ。流し雛を懐中に忍ばせたのが何よりの証拠。あれはな、屍骸を自分に仕立てたいがための小細工よ。おぬしがまず、その小細工に引っかかった。わしも今少しで誑《たぶら》かされるところであったわ」

「お待ちを。兵藤平九郎はなにゆえ、自分を殺さねばならなかったのです」

「死んだことにしたほうが、何かと動きやすいからさ。なにせ、あやつは隠密だからな。わしの配下で何年もはたらいたが、ついに裏切りおった。おおかた、金に転んだのであろう」

「敵とは誰なのです」

「阿蘭陀屋の背後に控える黒幕よ。ふん、おぬしなんぞに教えられるとおもうか」

聞きたいことがあまりにも多すぎて、頭が混乱してきた。

「屍骸をみつけたのも何かの縁じゃ。おぬしは粛々《しゆくしゆく》と仕事をこなし、報酬を受けとればよい」

「斬らねばならぬ相手とは」

「きまっておろう、兵藤平九郎だ。できぬと申すのか」

「い、いえ」

三左衛門は、はなしに乗ったふりをした。

「ふん、やっぱり金が欲しいとみえる。よいか、あやつの潜伏先はつきとめてある。さっそく、明日にでも向かえ。裏切り者を成敗《せいばい》いたせ」

「は」

返事はしたものの、成敗ということばに、ざらついた嫌な感じを受けた。

「差配役さま、今ひとつ、お聞きしたい」

「何じゃ」

「このこと、静香どのはご存じなのですか」

「知らぬわ。かえって、知らぬほうがよかろう。いちど死んだ亭主がわしの命で二度死んだとわかれば、無用なわだかまりが生じる。静香と弟の清次は使える駒だ。なにせ、静香は阿蘭陀屋吉兵衛を誑《たら》しこみ、骨抜きにしおったのだからな。今ここで、あの姉弟を手放すわけにはいかぬ。ふたりが抜け荷の全容をあばく鍵を握っておるのだ」

目的のためには手段を選ばぬ。柏木の不遜《ふそん》な態度に、三左衛門は憤《いきどお》りをおぼえた。

「兵藤を成敗したら、おぬしを信用しよう。抜け荷のからくりも、とっくりと教えてやる。われらの仲間に迎えようではないか、のう。金になるぞ。妻子のためにも、せいぜい稼ぐがいい。ぬふふ、楊枝削りの浪人者が一生かかっても稼げぬだけの報酬が得られるぞ」

柏木は胸を張り、満足げに微笑んでみせる。

ずいぶん、はなしがややこしくなってきた。

どちらにしろ、兵藤平九郎の亡霊に対面せねばなるまい。

「差配役さま」

「おう、何じゃ」

「拙者におまかせあれ」

三左衛門は胸を叩き、激しく呟きこんだ。

四

夕照を映す大川の岸辺に、今戸焼《いまどや》きの黒煙が幾筋も立ちのぼっている。

翌夕、三左衛門は柳橋から猪牙を拾い、浅草《あさくさ》の今戸まで遡上《そじょう》した。

やはり、兵藤平九郎は生きているらしい。

死んだとみせかけるために身代わりをつくり、思惑は成功したかにおもわれた。三左衛門は雛人形を遺品とおもいこみ、図らずも企《たくら》みの一端を担わされる恰好になったが、柏木陣内という差配役のほうが一枚上手《うわて》だった。

柏木の言を信じれば、兵藤は紀州藩大目付配下の隠密として、抜け荷の探索をおこなっていた。阿蘭陀屋吉兵衛と新宮藩の重臣との関わりを探り、さらに踏みこんで、おそらくは裏に控える黒幕の正体を突きとめた。ところが、黒幕に接触をはかり、欲を掻いて敵方に寝返ってしまった。そういうことになる。

だが、どうもしっくりこない。柏木陣内が正義を司《つかさど》る番人で、子飼いの兵藤平九郎が金欲しさに裏切ったという筋書きが、安直な緞帳芝居《どんちょうしばい》でも観せられているようでしっくりこないのだ。

半四郎も指摘していたので、兵藤が隠密だと聞いても格別の驚きはなかった。新宮藩の鯨方になったことも、横目付の娘である静香を娶ったことも、役目の一環だった公算は大きい。

しかし、だからといって、何年もともに暮らした妻子をあっさり捨てる決断ができるものだろうか。七つの娘とは、別れがたいにちがいない。

それでも、兵藤はみずからを死人に仕立て、妻子と別れねばならなかった。金に転んだのではない。何か、よほどの理由があったのではないかと、三左衛門は憶測した。

今戸橋のたもとで猪牙船を降り、八幡宮《はちまんぐう》の裏手に向かう。

雑木林を分けいったさきに、兵藤が隠れているという観音堂があった。

黒土のうえには枯れ葉が散らばり、かさりと音がするたびに足を止める。

観音堂の周囲は、どんよりとした空気に包まれていた。

せめて、半四郎に告げてくれればよかった。

今さら悔いても仕方ない。

破れた扉はなかば開き、破孔には西日が射しこんでいる。

三左衛門は慎重に近づき、古木の階段に片足を掛けた。

ぎしっという軋《きし》みに身を強張《こわば》らせ、周囲の様子を窺う。

背中に冷や汗が流れた。

さらに、階段を上がる。

堂内に人気《ひとけ》はなく、血《ち》腥《なまぐさ》い臭気だけが漂っていた。

「うっ」

咄嗟に、葵下坂の鯉口《こいぐち》を切った。

右腕を伸ばし、そっと扉を開ける。

扉は音もなく開いたが、奥まったところに祀《まつ》られているはずの御本尊は盗まれ、古びた蓮華座《れんげざ》しかみあたらない。

扉のそばには、鼠《ねずみ》の死骸が転がっていた。

「ぬむ」

堂内に一歩踏みこみ、三左衛門は息を呑んだ。

床は血の海で、浪人風体の男が俯《うつぶ》せに斃《たお》れている。
兵藤か。
別の刺客に葬《ほうむ》られたのだろうか。
いや、ちがう。
屍骸は、返り討ちに遭った刺客のようだ。
一撃で脳天を割られている。
――ト伝流の兜割り。
差配役の台詞《せりふ》が耳に蘇《よみがえ》ってきた。
傷の裂け目からは、湯気があがっている。
斬られたばかりで、屍骸はまだ温かいのだ。
突如、背後に殺気が膨らんだ。
ぎしっと、階段が軋みあげる。
振りむいた刹那《せつな》、黒いかたまりが躍りこんできた。
「くわあああ」
野獣の咆吼《ほうこう》が耳朶《じだ》を圧した。
夕陽を背負った男の顔は暗く、判然としない。

六尺余りの大男だ。

「死ね」

——ぶん。

刃音とともに、剛刀が頭蓋を襲う。

「くっ」

葵下坂を抜きはなち、俊敏に弾いた。

男は飛びのき、青眼に構える。

「おぬし、いつぞやの……小太刀の遣い手か」

「さよう」

「刺客に雇われたな」

「ちがう」

三左衛門は斜《しゃ》に構え、左手を翳《かざ》した。

「待て」

「何を待つ。わしを斬りにきたのであろう」

「そうではない。兵藤平九郎の生死を見極めにまいったのだ」

「見極めてどうする」

「無駄なことをするな。ふふ、おぬしが対峙しているのは、生《い》き霊《りよう》かもしれぬぞ」

「いいや、生身の兵藤平九郎にまちがいなさそうだ。おぬし、小細工を弄《ろう》してまで、なぜ、死んだことにしたかった」

「野良犬に説明する気はない」

「おぬし、差配役の柏木陣内を裏切ったのか」

「どうかな。関わりもないおぬしがなぜ、根掘り葉掘り聞きたがる」

「知りたいとおもったら、我慢のならぬ性分でな」

「ふん、その性分が仇《あだ》となろう」

兵藤は青眼の構えをくずさず、じりっと躙《にじ》りよる。

「待ってくれ。信じる信じないは勝手だが、おぬしを斬る気は毛頭ない」

「ならば、何しに来た」

「ひとこと、謝りたかった。おぬしの死を静香どのに伝えたのだ。ゆえに、おぬしは死んだことになっておる。余計なことをした」

「ふん、変わったやつだ」

「事情を知りたい」

兵藤は刀を下げ、鞘におさめた。

三左衛門も葵下坂をおさめ、口を尖らせる。

「百本杭に浮かんだ身代わり、おぬしが斬ったのか」

「さよう。あやつは死なねばならぬ悪党だった」

「佐久間敬吾だな」

「ん、なぜそれを」

三左衛門は、慎重にことばを選んだ。

「ちと、調べさせてもらったのだ。おぬし、佐久間の率いる悪党どもに三泉堂なる薬種問屋を襲わせたであろう」

「笑止な。わしが襲わせたと抜かすのか」

「おぬしでなければ誰だ。答えてくれ」

「答えても詮無いことよ」

「佐久間が盗んだ文箱の中味とは何だ」

「そいつを知れば、おぬしの命は風前の灯火《ともしび》となる。おぬしだけではない。妻子も巻きこむことになるぞ」

「なに」

「まあ、せいぜい邪推《じやすい》するがいいさ」

「佐久間たちのやったことは許し難い。三泉堂の奉公人まで手に掛ける必要があったのか」

「黙れ。戯《ざ》れ言《ごと》に聞く耳は持たぬ」

兵藤は何をおもったか、脇差の柄に手を掛けた。

「まだやるのか」

「早まるな」

身構える三左衛門を制し、兵藤はみずからの髻《もとどり》をつかむや、ぶつっと捻じきる。

それを、ぽいと抛《ほう》ってよこした。

「何のまねだ」

「おぬしにその気があるなら、柏木陣内に渡してくれ」

兵藤はざんばら髪を靡《なび》かせ、呵々《かか》と嗤《わら》ってみせる。

あいかわらず顔は薄暗く、表情まではわからない。

「おぬし、本物の生き霊になる気か」

「ふっ、それもよかろう。静香にも黙っておけ。わしが生きていると知れば、あれの身が危うくなる」

「すでに、勘づいておるかもしれぬぞ」

「おぬしの杞憂《きゆう》だ。兵藤平九郎は死んだ。みなにそうおもわせておけ」

「なぜだ」

「相手が相手だからさ」

「黒幕か」

「そうだ。わしはそやつと刺し違える覚悟でいる。どうせ、無事では戻れまい。ならば、静香や絹に余計な期待は持たせぬほうがよい」

「生きのびたら、逢いにゆけばよかろう」

「生きのびることなど、万にひとつもないわ。どっちにしろ、わしはこの場でもういちど死ぬ。そのほうが、何かと都合がよい」

「待ってくれ」

聞かねばならぬことは山ほどある。

兵藤は振りむきもせず、卒然《そつぜん》と去った。

三左衛門は渋い顔で髷を拾い、懐紙《かいし》に包んだ。

五

八つ刻（午後二時）になった。

通塩町《とおりしおちょう》への使いが済んだら、そのまま帰ってもいいと言われていたので、おすずは大伝馬町のほうまで足を延ばしてみた。

あのとき以来、清次のことが忘れられない。夢にまで出てくる。ことばを交わすことはかなわずとも、遠くからすがただけでも眺めていたい。

そう、おもった。

大伝馬町に着いたころには日射しも長く伸び、衣替えも近いというのに肌寒い風が通りを吹きぬけてゆく。商家の生け垣には白い卯《う》の花《はな》がちらほら咲きはじめ、芳しい匂いを漂わせている。

舶来品をこれみよがしに並べた阿蘭陀屋の表口は、卯の花からさほど遠くないところにあった。

おすずは少し躊躇《ちゅうちょ》しながらも、天水桶《てんすいおけ》の陰から阿蘭陀屋の入口を見張った。

ここそこ見張っていることが罪深く感じられ、胸がどきどきしてくる。

清次は、なかなか顔を出さない。

「そうよね」

あきらめて帰ろうとしたとき、脇の露地へ、清次らしき人影があらわれた。

「あ」

まちがいない。江戸三座《さんざ》の役者なみの色男が、いつぞやと同じ千筋《せんすじ》の着物を纏っている。

自然にからだが反応し、おすずは子鹿《こじか》が跳ねるように通りを渡った。

奉公人の目を盗み、露地へ駆けこむ。

息を切らせながら、抜け裏まで走りきった。

抜け裏のさきには、狭い堀川が流れている。

清次は、半町さきの木橋を渡ったところだ。

――待って。

心で叫びつつ、足早に追いかけていく。

おすずは迷った。

声を掛けようか、掛けまいか。

「やっぱり無理」

いけないこととは知りつつも、気づかれぬように清次の背中を追った。

どこかで偶然を装って近づけば、立ち話ができるかもしれない。

十二の娘が、計算高いことを考えている。

おすずは何かに憑《つ》かれたように、恋い焦がれる相手の背中を追いつづけた。

辻をいくつも曲がり、露地から露地を早足に歩いても、疲れはまったく感じない。

神田川を渡り、水戸藩邸《みとはんてい》の西に延びる九段構えの安藤坂《あんどうざか》を上り、伝通院《でんづういん》の脇道を通って三百坂《さんびゃくざか》にいたる。杏子色《あんずいろ》の大きな夕陽を正面に据え、だらだら坂を下り、松平播磨守邸《まつだいらはりまのかみてい》の海鼠塀《なまこべい》に沿って、さらにすすむ。

気づいてみれば、家康の母である於大《おだい》の方が茶毘《だび》に付された小石川《こいしかわ》の智香寺《ちこうじ》までやってきていた。

清次は寺領を突っきり、武家屋敷の一角に踏みこむ。

そして、地蔵の祠《ほこら》がある脇道をたどり、竹藪《たけやぶ》のなかへ分けいった。

あきらかに、店の使いではない。

おすずは不安になった。

そのとき。

――ごおおん。

暮れ六つ（午後六時）を報せる鐘の音が遠くで響いた。

茜色《あかねいろ》の空を仰げば、別れ鴉《がらす》が飛んでいる。

「引き返すの。今すぐ、ほら」

おすずは、何度も自分に言い聞かせた。

が、足は止まってくれない。

「せっかく、ここまで来たんだもの」

恐ろしさよりも、清次に逢いたい気持ちが勝った。

暗いところをひとりで歩いちゃいけないよと、おまつからは耳に胼胝《たこ》ができるほど注意されている。にもかかわらず、おすずは冷静であることを忘れ、深みへと填《は》まっていった。

もはや、清次はいない。

竹林が風にぞよめき、背中に恐怖が舞いおりてくる。

恐怖は得体の知れない気配となって張りつき、臑《すね》のあたりを撫でた。

何気なしに手で触れると、血がべっとり付いた。

「え」

雑草のぎざぎざした葉によって、何カ所も切られている。

「へっちゃらよ、こんなの」
生来の負けん気で恐怖をはねのけ、さらに奥へとすすむ。
ようやく、竹藪を抜けた。
一帯はじめじめした窪地《くぼち》で、日中でも薄暗いところだ。
背中に悪寒《おかん》が走った。
淵《ふち》に朽《く》ち葉《ば》の堆積した古池があり、瘴気《しょうき》のようなものが立ちのぼっている。
すでに、日は暮れかかっていた。
古池のそばに古い御堂《みどう》が建っており、正面に篝火《かがりび》が焚かれている。
ぶるっと、震えがきた。
ひとがいるのだ。
しかも、ひとりやふたりではない。
耳を澄ませば、御堂のなかから、この世のものともおもえぬ歌声が聞こえてくる。
「何だろう」
異国のことばであろうか。
聞いたこともないことばで、大勢のひとが美しい歌を歌っているのだ。

「あれはね、賛美歌《さんびか》というのよ」

「え」

声のするほうを振りむくと、首の細長い白装束の女が立っていた。

「あれはね、デウスを讃《たた》える歌なの」

「デウス」

「天におわす神さまのこと。神の子はイエス・キリストといってね、わたしたちの身代わりになって磔《はりつけ》にされたのよ」

「あなたは」

「わたしはイカル」

「イカル」

「黄色い嘴《くちばし》をもつ夏の鳥。キーコ、キーコ、キョココキー、ツキヒーホシって鳴くのよ」

「ツキヒーホシ」

「そう、月日星《つきひほし》って聞こえるから、三光鳥《さんこうちょう》とも呼ぶの」

なぜ、女が鳥の名で呼ばれているのか。おすずには不思議でならない。

「あなた、いくつ」

「十五」

「嘘でしょ。ほんとはいくつ」

「十二です」

「そう。ずいぶん大人びてみえるわね。うふふ」

女の口は血を吸ったように紅《あか》く、笑うと横に大きく裂けた。

おすずの目には、そうみえたのだ。

泣きたくなった。

膝の震えを止められない。

風が渦巻き、篝火の炎が大きく揺れた。

おすずは恐怖を感じ、脱兎《だっと》のごとく駆けだした。

後ろもみずに駆けても、女の気配は羽衣《はごろも》のようにまつわりついてくる。

振りかえる勇気もなく走りつづけ、おすずは竹藪のまんなかで迷った。

右も左も、わからない。

「清次さん、清次さん」

叫んだが、すぐに声は嗄《か》れた。

いつのまにか、女の気配は消えている。

ほっとして顔をあげると、盛り土と墓標が目にはいった。

「あれは、なに」

恐る恐る、近づいてみる。

墓標には「耶蘇《やそ》」とか「天主《てんしゅ》」とか記されてあったが、意味はわからなかった。

さきほどの古池で感じたような重苦しい空気が漂っている。

突如、背後に殺気が膨らんだ。

殺気は黒い影となり、肩に覆いかぶさってくる。

「やめて」

絶叫しながら、振りむいた。

さきほどの女かどうかもわからない。

黒い影は、残忍そうな笑みを浮かべた。

「うっ」

腹に鈍い痛みが走る。

唐突に、闇が訪れた。

六

夜になっても、おすずは帰ってこなかった。

「神隠しだよ」

おまつの動揺は激しい。

長屋の連中が総出で、おもいあたるところをあたった。

三左衛門は半四郎にも助力を頼んだ。

夕月楼の金兵衛は若い衆を走らせ、仙三もおすずの行方を手当たり次第に聞きまわった。

木戸の閉まる深更になっても、手懸かりはいっこうにつかめない。

おまつは、泣きはらした目で訴えた。

「おまえさん、どうして、どうして、おすずが連れ去られちまうんだよ」

「まだ、連れ去られたときまったわけではない」

「じゃ、何だって言うんだい……お願いだよう、おすず、無事でいておくれ」

慰めようもなかった。

もちろん、奉公先の呉服屋へはまっさきに行った。

おすずの足取りは、夕刻、使いにいかされた通塩町の酒屋で止まっていた。呉服を買った内儀にも会ってはなしを聞いたが、人の良さそうな内儀がおすずをどうにかしたとはおもえない。使いを済ませたあとの足取りを追うべく、周辺を隈《くま》なく聞きまわったが、おすずらしき娘を見掛けた者はいなかった。

きっと、おすずの身によくないことが起こったのだ。

そう考えたくはなかったが、脳裏《のうり》を過《よぎ》るのは不吉な予感だけだ。

三左衛門とおまつだけでなく、隣近所の連中も一睡もできずに朝を迎えた。

「おすずちゃんの声がしないと、灯が消えたようだよ」

表通りで四文見世《しもんみせ》を営む老婆も言うとおり、誰もが悲しみと疲れの色を濃くしていた。

巳《み》ノ四つ半（午前十一時）を過ぎたころ、見知らぬ侍が長屋を訪ねてきた。

「わたしはカピターンの通詞で、名村八太郎と申します。浅間三左衛門さまのお宅はこちらでよろしゅうございますか」

「わしが浅間三左衛門だが」

「これはご無礼を」

名村は、ぺこりと頭を下げる。

年齢の若さと慇懃《いんぎん》な態度がちぐはぐな感じで、おかしみを誘った。

三左衛門は警戒心を解いたが、目のまえに立つ貧相な若者が吉報をもたらすとはおもってもみなかった。

「カピターンとは、出島におられる異人さんのことかい」

「いかにも。今は在府で、日本橋本石町《ほんこくちょう》の長崎屋さんにご滞在を」

「知っているさ。阿蘭陀宿のことだろう」

「じつは、長崎屋さんで、こちらのお嬢さまとおぼしき娘を預かっております」

「まことか、それは」

三左衛門が驚いた声を発すると、うなだれていたおまつも身を乗りだしてくる。

名村はもったいぶるように、咳払いをしてみせた。

「念のため、娘御のお名は」

「すずだ。すずと申す」

「まちがいございませんな。阿蘭陀屋の手代が申したとおりだ」

「阿蘭陀屋の手代とは、まさか」

「清次なる者にございます」

「清次ならば、知らぬではない」

「感謝なさるがよろしい。娘御を長崎屋さんへ運びこんでくれたのですよ」

「そうだったのか」

何やら妙な気もしたが、この際、清次のことはどうでもいい。

「おすずは、どうしておる」

「はい。運ばれたときは高熱を発しておりましたが、熱も徐々に下がってまいり、いたって元気なご様子。なあに、ドクトール・シーボルトがついておりますゆえ、ご心配にはおよびません」

「ドクトール・シーボルト……もしや、おすずを異人に看《み》させたのか」

「いけませんか。シーボルト先生は当代随一の蘭医にござる。長崎に開校なされた鳴滝塾《なるたきじゆく》では、高名な日本の蘭医たちが何人も学んでおります。おや、ご存じない。それはご浪人とは申せ、不勉強というものでしょう」

少し腹も立ったが、もっともな言い分ではある。

「すまぬ。つい、本音を口走ってしまった」

「異人の手に触れることさえ恐ろしい。そう感じる者の多い世の中ですから、致し方ございますまい。ともあれ、おすずどのはお若いだけに治癒力も強いようで。今しばらく休めば、歩いてここまで帰ってくることもできましょうが」

「そうですか。いや、ご迷惑をお掛けした」

「ではさっそく、お連れいたしましょう」

名村は何食わぬ顔で言い、先に敷居の外へ出てしまう。

おまつは目の下の隈を化粧で隠すと、不安げな顔でついてきた。

七

正午を報せる刻の鐘に、おまつはおもわず耳を塞いだ。

長崎屋のある本石町三丁目は、日本橋一帯に時刻を告げる鐘撞堂《かねつきどう》に近い。魚河岸からみれば、雛市の立つ十軒店の先に位置し、三左衛門も散策がてら足を延ばす場所だ。

江戸の異人宿として知られる長崎屋は、狭い袋小路のどんつきにあった。

カピタンの一行が参府するときは、長崎屋だけが定宿《じようやど》となる。たいていは半月、長くても一ヶ月ほどの滞在となるが、そのあいだの備えは南北両町奉行所から同心が一名ずつと、ほかに小者が何人か配される。さほど厳しい備えではない。役目といっても、野次馬どもを静める程度のことだ。

名村は好奇の目を向ける野次馬を避け、宿の脇道から裏手へまわった。

すると、勝手口のところに、黒羽織を着た半四郎がぽつんと待っていた。

「やあ、浅間さん。大番屋にも長崎屋から一報が届きましてね。もしやとおもって一足先に来てみると、やはり、おすずちゃんだった」

「無事なのでしょうか」

「心配はいりません。な、そうだろう」

と、半四郎は名村に水を向ける。

「ええ、もちろんです。ドクトール・シーボルトが太鼓判《たいこばん》を押しましたからね」

「ま、そういうわけ。おまつどのもご安心なされるがよい」

半四郎はにっこり微笑み、三左衛門とおまつを宿に招きいれる。

「八尾さん。お上の許しも得ずに、あがってよろしいのでしょうか」

「なあに、平気ですよ。特別の配慮ってやつでね。備えについていた若い同心を脅しつけたら、融通を利かせてくれたんです。ま、何はともあれ、ドクトール・シーボルトにお礼をせねば」

「かしこまりました」

三人は名村と宿女将の導きで、奥座敷へと案内された。

舶来の調度が目を惹く部屋には色とりどりの花が飾られ、馥郁《ふくいく》とした香りの漂うなかで、おすずは死んだように眠っている。

枕元に座った紅毛碧眼の人物が満面の笑みを浮かべ、静かに語りかけてきた。

名村がさっそく通訳する。

「ドクトール・シーボルトは、もう心配ないと仰っております」

「ありがとうございます。ほんとうに、お礼のしようもありません」

おまつは畳に額を擦りつけて礼を言い、枕元に躙《にじ》りよる。

娘に抱きつき、おんおん泣きながら頬ずりをしはじめた。

「おすず、おっかさんだよ、わかるかい」

おすずが薄目を開き、とろんとした眼差しを向ける。

焦点が合った途端、ぱっと頬に赤みが差した。

「おっかさん」

「そうだよ。起こしてわるかったね」

「ううん、いいの。おっかさんの夢をみていたんだ」

「そ、そうなのかい」

「うん。おっかさんの背中でね、賛美歌を聴いている夢」

「賛美歌」

「異国のね、子守歌なんだよ」

おすずの目にも、じわりと涙が溢れてきた。

かたわらでは、シーボルトも貰い泣きをしている。

しきりに洟水を啜《すす》る紅毛人のすがたは、三左衛門に別の感動をもたらした。

シーボルトは早口で喋り、名村が通訳する。

「傷をつけられた形跡はないし、熱もさがった。お好きなときに連れて帰っていただいてけっこうと、ドクトールは仰っております」

「かたじけない」

三左衛門が両肘を張って頭を下げると、シーボルトは立ちあがった。

「あ、先生」

おすずが半身を起こし、かぼそい腕を伸ばす。

その小さな手を、シーボルトは両手でしっかり握りしめた。

「先生、ありがとうございました」

「どういたしまして。おだいじに」

シーボルトは流暢《りゅうちょう》なことばで応じ、こちらに背中を向ける。

おまつがおすずの身仕度をしているあいだ、半四郎は名村に問いかけた。

「少しばかり、経緯《いきさつ》を教えてもらえぬか。おすずをここまで運んできたのは、阿蘭陀屋の清次だと申したな」

「はい。たまさか、小石川のほうへ使いに行ったら、通りで行き倒れになっていた娘をみつけたのです」

「通りで」

「ええ、そう申しておりました。動顚《どうてん》して、娘の顔もみずに背負い、ここまで走りに走った。運びこんでふと確かめてみたら、顔見知りの娘だったそうです」

「嘘くさいな」

「え、そうでしょうか」

「気絶した娘の顔くらいは、その場でみるだろう」

「みても気づかなかったのでは。わたしは、ありそうな気がいたします」

「そういうことにしといてもいいが、清次はなぜ、おすずをわざわざ長崎屋に運びこんだのだ」

「それは、ここに来れば一流の蘭医に看てもらえると知っていたからでしょう」

名村にとっても、清次は知らない相手ではなかった。それどころか、ちょくちよく顔を出す重宝な若者だという。

「阿蘭陀屋は、カピターンの用意した贈答品の余り物を高値で買いとってくれます」

それだけでなく、足りなくなった路銀を貸与《たいよ》したり、江戸でしか手にはいらない景物《けいぶつ》を用意したりと、言ってみれば御用聞きのような雑事を一手に引きうけてくれる。カピタンにとって、まことに重宝な商人だった。

「カピターンも日頃のつきあいがあるものですから、阿蘭陀屋の手代が困っていると聞きつけ、内々で看ておやりなさいと、ドクトールにお命じになりました。それが、おおよその経緯にござります」

「なるほど」

「もっと詳しいことをお知りになりたければ、娘御にお聞きくだされ。では、わたしはこれにて失礼いたします」

名村はぺこりと頭をさげ、そそくさと部屋から出ていった。

おみのという女将が入れ替わりにあらわれ、なにくれと世話を焼きはじめる。

「さぞかし、ご心配なすったことでしょうね。でも、迷いこんだところが虎穴《こけつ》でなくてさいわいでしたよ」

心から案じてくれているのはわかったが、女将の言いまわしに妙な感じをおぼえた。

迷いこんださきが虎穴でないことを、なぜ、知っているのだろうか。

しかし、三左衛門もおまつも、このときは深く考えなかった。

ただ、だいじな娘が無事に戻ってくれたことを、神仏に感謝せずにはいられなかったのである。

帰り支度を済ませるころには、おすずの顔色もすっかり元に戻った。

「さ、家に帰って甘いものでも食べましょう」

おまつは、いつもの気丈さを取りもどしている。

昨夜からの騒ぎは、いったい何だったのだろう。

三左衛門は急に眠気を感じ、欠伸《あくび》を嚙み殺した。

八

おすずは誰にも喋らないという約束で、おまつにだけは本当のことを告げた。

しかし、おまつは自分の胸にだけしまっておけず、三左衛門に経緯をこっそり教えた。

おすずは大伝馬町の阿蘭陀屋から清次の背中を追いかけ、小石川の智香寺のさきにある竹藪に分けいったという。三左衛門は同じ経路をたどり、目印となる地蔵の祠を探しあて、そのさきにある竹藪に足を踏みいれた。

竹藪を抜けた空き地には、なるほど、古池があり、朽ちかけた御堂も建っている。

「あれか」

西日を浴びながら、慎重に歩をすすめた。

御堂の内に踏みこんでみると、人気はないものの、床は掃き浄《きよ》められており、大勢の者が集まっていた形跡はある。

おすずは「この世のものとはおもえない、美しい歌声を聞いた」と、おまつに告げていた。もちろん、耳を澄ましても歌声は聞こえず、別れ鴉の物寂しい鳴き声だけが遠くに響いている。

三左衛門はしばらくそこに佇《たたず》んでいたが、何ひとつ手懸かりらしきものはみつけられなかった。

だが、前触れもなく、背筋に悪寒が走った。

竹藪に戻って歩きながら、気配に導かれるように足を向けてみると、目のまえに盛り土があらわれた。

「土饅頭《どまんじゆう》か」

かなり大きい。しかも、古いものではなかった。

誰かを弔《とむら》ったものにちがいない。しかも、わざわざ人目を避けるように築かれたものだ。

「ん、あれは」

墓標に記された墨文字をみつけ、三左衛門はぎくりとした。

「耶蘇、天主……切支丹か」

合点がいった。

ここは、切支丹屋敷の跡地なのだ。

まちがいない。多くの切支丹が酷い責め苦を受け、処刑されていった場所にほかならなかった。

悪寒が走った理由も、それで説明がつく。

成仏できない霊が、慰めを求めて集《つど》う場所なのだ。

墓標には拙《つたな》い字で人名らしきものも書かれていた。

数えてみると四つあり、そのうちのひとつは「伝朴」と読める。

おそらく、切支丹の仲間なのであろうが、それが誰なのか、三左衛門には見当もつかなかった。

おすずは御堂のそばで、美しい歌声を聞いたという。

それは隠れ切支丹の歌う鎮魂《ちんこん》の歌だったのではないか。

三左衛門は、血の気が失せてゆくのを感じた。

この江戸にも、隠れ切支丹がいるのか。

みつかれば火炙《ひあぶ》りになる者たちが、御堂に集まっていたのだ。

そのことをお上に黙っているだけでも、罪に問われかねない。

一刻も早く長屋へ立ちもどり、おすずとおまつに口止めしなければなるまい。

「この件に関わるな」

余計なことは言わず、それだけを告げてやればいい。

踵《きびす》を返し、足早に竹藪を抜けると、あたり一面は夕闇に包まれていた。

背中にまつわりつくものを振りはらうかのように、三左衛門は坂道を下りていく。

地蔵の祠を過ぎ、四つ辻を曲がった。

寺の築地塀《ついじべい》に沿って、考え事をしながら歩いていく。

と、そのとき。
——ひゅん。
凄まじい風切音が聞こえ、鋭利な穂先が飛んできた。
「なにっ」
穂先は鼻面を掠《かす》め、背後の築地塀に突きささる。
塀は砕かれ、破片がぼろぼろ落ちてきた。
小刻みに震える野太い柄は、槍の柄ではない。
「こ、これは」
銛《もり》であった。
鯨漁に使う銛が、闇の狭間から投擲《とうてき》されたのだ。
「うひぇっ」
それと気づいた途端、腰が抜けそうになった。
仁王立《におうだ》ちになり、正面の闇をじっと窺う。
開いた毛穴から、冷や汗がどっと溢れてきた。
銛を投擲した者の気配は、どこにもない。
脅しであろうか。

「これ以上、深入りするなということか」

そうしたいのは山々だが、いまさら引き返すこともできない。

とことん突き詰めねば、気が済まぬ。そんな性分が恨めしい。

それにしても、なぜ、銛なのだろうか。

銛を使うのは、紀州の鯨漁師だ。

鯨漁師と切支丹がどう結びつくのか。

三左衛門には、さっぱりわからない。

「くそっ、どうなっていやがる」

銛の柄を握り、必死に抜こうとこころみた。

しかし、どうやっても銛は抜けそうになかった。

九

翌夕。

半四郎が南茅場町《みなみかやばちよう》の大番屋に詰めていると、おもいがけない人物が訪ねてきた。

「お、これはこれは」

古株の同心が立ちあがり、頭を下げる。

若い同心たちも、つられて立ちあがった。

「ほれ、何をしておる。こちらは元風烈見廻り役の大御所じゃ。お茶を出してさしあげろ」

「かまうでない。ふふ、あいかわらず、大番屋は汗臭いのう」

鼻に皺を寄せて笑うのは、半兵衛である。

半四郎は横を向き、胸の裡《うち》で舌打ちした。

「おい、その態度は何じゃ。これ、半四郎。伯父の顔を見忘れたか」

「いいえ」

半兵衛は出された茶に口を付けた途端、ぶっと吹いてみせる。

「うえっ、出涸らしではないか。近頃の若い者は茶の淹《い》れ方も知らんのか」

「も、申し訳ございません」

あたふたする古株を尻目に、半兵衛が身を寄せてくる。

「半四郎、挨拶をせい」

「は、ごぶさたしております。今日はまた何事ですか」

「急用にきまっておろうが」

「急用」

「三泉堂の一件じゃ」

「え」

訝《いぶか》しむ半四郎の肩に手を置き、半兵衛は声をひそめた。

「まだ調べておるのか」

「ええ、まあ」

「わるいことは言わぬ。やめておけ」

「仰る意味がわかりませんが」

半四郎は、ぎろりと半兵衛を睨みつけた。

「その目じゃ。そなたの父も、若い頃はそれと同じ鷹《たか》の目をしておった」

「探索をやめろとは、伯父上らしくもないことを仰いますな」

「よいか。おぬしはこれから嫁を貰い、子を生んで育て、八尾家の血筋を絶やさぬように繁栄させねばならぬ。伯父として、おぬしをあたら死なせるわけにはいかぬのよ。ふん、得心がいかぬようじゃな」

「あたりまえです」

半四郎は憤然《ふんぜん》と言いはなち、半兵衛を辟易《へきえき》させる。

「仕方のないやつじゃ。三泉堂の何を調べておる」

「伯父上でも申しあげられませぬ」

口をきっと結んだところへ、偉そうな与力がやってきた。

古株の同心が立ちあがり、米搗《こめつ》き飛蝗《ばった》のようにぺこぺこする。

「これは原木《はらき》さま、むさ苦しいところへ、ようこそおいでくださりました」

「ただの見廻りじゃ。近頃、同心どもはたるんでおる。辻斬りの下手人ひとり、捕まえられぬではないか。例の胸に十字の裂き傷を付けた下手人の目星はついたのか」

「え、それはお蔵入りかと」

うっかり口を滑らせた古株は、恰好の餌食《えじき》になった。

「何じゃと、誰がお蔵入りだなどと申したのだ」

「は、しかとはおぼえておりませぬが、吟味方《ぎんみかた》のみなさまが」

「黙らっしゃい。これだから、目を離すわけにはまいらぬのよ。この原木軍太夫《ぐんだゆう》がわざわざ大番所に顔を出し、叱咤《しった》してまわらねばならぬのじゃ。しゃきっといたせ。この、たわけめ」

「も、申し訳ござりませぬ」

た半兵衛と目が合う。

「けっ」

原木軍太夫と称する吟味方与力はぐるりとなかを見まわし、上がり端に腰掛けた半兵衛と目が合う。

つかつかと歩みより、四角い顎《あご》を突きだした。

「爺、うぬは何じゃ」

「何じゃと言われても、ただの爺でござる」

「ただの爺が、どうして大番屋で茶を啜っておる」

「甥っ子に会いにまいりました。そこに間抜けがひとり、おりましょう」

「おう、八尾半四郎の伯父御か。これはおみそれいたした。もしや、落としの半兵衛どのか」

「いかにも。今はただの鉢植え屋でござる」

「謙遜《けんそん》なさるな。そこもとのような切れ者がおれば、わしとて苦労はせぬ。したが、甥っ子はまだましなほうじゃ。なにせ、腕っ節が強い。これに八尾半兵衛の切れ味が備われば、鬼に金棒じゃ。なれど、世の中そう上手《うま》くはゆかぬ。ふは、何か心配事があったら、この原木軍太夫をお頼りなされ。では」

言いたいことだけ言うと、原木は供をしたがえ、大股で去ってゆく。

横幅のあるからだが四つ辻の向こうに消えていなくなったのをたしかめ、古株は舌打ちをかました。

「ふん、反りかえった雪駄《せった》の一夜干しめ」

半兵衛は笑いもせず、半四郎に問いかける。

「何じゃ、あれは」

「お気になされますな。堅物の小心者ですよ」

「もちっと、まともな与力はおらんのか」

「吟味方でまともな方と申せば、仙波弥一郎《せんばやいちろう》さまくらいでしょうか」

「ほう。おるのか」

「ちと謎めいたところはござりますが、噂では下の面倒見もよく、上に媚《こ》びへつらうということもないと聞いております」

「他人の噂を鵜《う》呑《の》みにするな」

「聞かれたから、申しあげたまでです」

「口ごたえいたすな。されど、おぼえておこう」

「仙波さまの名をですか」

「そうよ」

「隠居の伯父上がおぼえても、詮方ござりますまい」

「何かの役に立つやもしれぬではないか。隠居を莫迦《ばか》にするでないぞ」

「はあ」

「まあよい。三泉堂の一件じゃ」

「ですから、何も申しあげられませぬ」

「わしの口から、どこかに漏れるとおもうか」

「いいえ」

「言うてみろ。何を調べておる」

半四郎は、観念したように溜息を吐いた。

「ここだけのはなしですぞ」

「あたりまえだ」

「じつは、寝間から盗まれた品を探しております」

「何じゃ、それは」

「文箱でござる」

「文箱」

半兵衛は片方の眉を吊りあげ、腕組みをする。

「伯父上、何か、おもいあたる節でもおありですか」

「いや、ない」

「ならば、このはなしは仕舞いにいたしましょう」

「ふん、頑固なところは親譲りよ。おぬしが得心できぬとおもうて、雪乃の父御《ててご》に仁義を切っておいたわ」

「仰る意味がわかりませんが」

「おぬしも知ってのとおり、父御の楢林兵庫《ならばやしひょうご》どのは徒目付《かちめつけ》として、長らくお上の隠密御用をつとめておられた。かれこれ、十余年前のはなしらしいが、そのころ、とある件で三泉堂を探っておられたのじゃ」

「何ですと」

「落ちつけ。わしとて詳しいことは知らぬ。三泉堂が襲われたと聞いて、ぴんときたのよ。そういえば、楢林どのが関わっておったなあと、おもいだしたら胸騒ぎがしおってな。とりあえず、はなしだけは通しておいたゆえ、今からでも行くがよい。おぬしも裏の事情を知れば、この一件に関わるまいとおもうはずじゃ。ではな」

「え、もう行かれるのですか」

「無論じゃ。大番屋なんぞに用はない。原木なんたらのせいで長居しちまったわい」

半兵衛はやおら腰をあげ、忙《せわ》しげに出ていった。

「せっかちなおひとだ」

伯父の血は、自分のなかにも色濃く流れている。

半四郎は焦る気持ちを抑えかね、大番屋から飛びだした。

十

半四郎には、菜美というきまった娘がいる。

出戻りだが母親も気に入っており、近頃では夕飯を作りに来たりもしていた。

野に咲く花に喩《たと》えれば、可憐にして儚《はかな》げな菫《すみれ》か。

一方、雪乃を花に喩えるなら、谷間に凜《りん》と咲く白百合《しらゆり》であろう。

どだい、ふたりを比べることはまちがっている。

菜美を嫁に迎えようときめたのに、雪乃のことをおもうと、半四郎の心は乱れた。

逢いたい。

だが、掛けることばが浮かんでこない。

雪乃は雪乃で、上野矢田藩主から側室に迎えたいと申し込まれていた。断るとばかりおもっていたし、期待もしていたのだが、父親の兵庫によれば、どうやら色よい返事をするつもりらしい。そのために、あれほど遣り甲斐を感じていた隠密働きも辞めるつもりなのだと聞けば、半四郎も信じないわけにはいかなかった。

本心を糺《ただ》したい気もしたが、自分にはそこまでする資格はない。菜美ではなく、雪乃を娶る覚悟をきめたうえでなければ、本心を聞きだすことはできまい。

それでも、雪乃に逢えることを密かに期待していたが、期待は見事に外れた。

八丁堀の同心長屋で待っていたのは、病んですっかり老けこんだ兵庫ひとりであった。かねがね、見舞いに訪れたいとおもっていたのだが、雪乃の許しは得られなかった。強引にでも来るべきだったと、半四郎は即座に反省した。

「久方ぶりじゃのう。半兵衛どのから聞いておる。さあ、おあがりなされ」

「では、失礼いたします」

「つい今し方まで雪乃がおったが、お役目があるとかで出ていきよった」

「さようですか」

避けているのだと察し、半四郎は軽い失望をおぼえた。

しかし、今日こうして訪ねた目的は別にある。

「さっそくですが、三泉堂をお調べになった経緯《いきさつ》を」

「待て待て、焦るでない」

楢林兵庫は奥へ引っこみ、銚子に燗酒《かんざけ》を入れて戻ってきた。

「肴《さかな》は味噌でよいかな」

「充分でございます。でも、よろしいのですか」

「少しくらいなら構わぬ。酒は百薬の長と申すしな。ぐふふ」

久しく酒を呑んだこともなければ、笑うことも忘れていたのだろう。

兵庫は不器用に笑いながら、震える手でぐい呑みに酒を注いでくれた。

杯を合わせて酒を呷《あお》り、味噌を人差し指で掬《すく》って舐める。

兵庫は何やら楽しそうだが、それを見ているほうが辛くなった。

「さて、はなさねばなるまい。死ぬまで胸に仕舞っておこうとおもったが、神仏はそれを許してくれぬらしい」

遠い記憶を探るように、兵庫は訥々《とつとつ》と喋りはじめた。

「眸子を瞑《つむ》れば、荒れ狂う南海が浮かんでくる。今から十五年前のはなしじゃ。わしは大目付の筋からとある隠密御用を命じられ、紀州に向かった。和泉《いずみ》から紀伊半島の縁に沿って和歌山《わかやま》、田辺《たなべ》、古座とまわり、新宮に至る大辺路《おおへち》をたどったのじゃ。新宮の手前にある浜宮《はまみや》から陸路をたどれば、神聖な熊野三山《くまのさんざん》へ詣でることができる。されど、わしの目当ては熊野灘《なだ》の冬鯨であった」

「冬鯨」

「さよう」

紀州の鯨漁は、冬から春にかけてが漁期となる。鯨には二種類あり、毎年九月末に伊豆《いず》半島から熊野沖を経て土佐沖《とさおき》や南九州沖へ向かう鯨は上《のぼ》り鯨、翌年三月末までに南九州から土佐沖や熊野沖を経て伊豆方面へ向かう鯨は下《くだ》り鯨という。前者が冬鯨、後者が春鯨である。漁師町は紀州藩に属する古座浦と、新宮藩に属する太地浦の大きくふたつに分かれ、古座浦は春鯨、太地浦は冬鯨を捕獲することとされていた。

「おぬしは、熊野へ行ったことがあるか」

「いいえ」

「生涯に一度は行ってみるといい。三山詣でもさることながら、勇壮な鯨漁を目にすることじゃ」

兵庫はさも愉快そうに、鯨漁のはなしをつづけた。

「わしはこの目で観た。二十艘を超える船団が波濤《はとう》を蹴りあげ、颯爽《さつそう》と沖へ向かってゆく光景をな。わしはそのうちの一艘に乗っておったのじゃ。飛沫《しぶき》を顔に受けながら波間を飛んでいた。あはは、飛び魚の気持ちがようわかったわ」

鯨漁におもむく際、船団は三手に分かれる。鯨を銛で突く突船《つきぶね》が九艘、十八段の鯨網を積んだ網船《あみぶね》が八艘、捕らえた得物を曳く曳船《ひきぶね》が五艘。いずれも十二人から十五人乗りなので、ぜんぶで三百人近くの漁師たちが沖へ向かうことになる。

兵庫は鯨方の役人に化け、漁に立ちあった。新参者ということもあり、漁師たちの信頼は得られていなかったが、漁がはじまれば誰が乗っていようと関係ない。

「鯨をみつけたら、追いこむのは網船の役目じゃ。網で鯨を追いまわし、仕掛け網へ誘いこむ。誘いこんだら、突船の出番じゃ。各々、羽差《はざし》と呼ぶ銛投げの名人が乗っておってな、羽差は長柄の銛を握り、舳先《へさき》に陣取っておる。船が競って鯨に向かう雄姿は水軍の軍船なみじゃ。車懸《くるまが》かりで攻めたて、苦闘のすえに、留めはたったひとりの羽差が刺す。羽差のなかの羽差、男のなかの男じゃ。命懸けで鯨の背に飛びうつり、利刀《りとう》で背中に孔《あな》を穿《うが》つや、綱を通すのじゃ」

漁師の用語で「手形《てがた》を取る」と呼ぶらしい。

兵庫は眸子を爛々《らんらん》とさせ、身振り手振りで喋りつづけた。

「鯨の背に渡した大綱の端と端をな、左右の船に繋ぐ。その船を曳船数艘で曳き、これを取りかこむように、すべての船が五色燦然《ごしきさんぜん》と輝く大漁旗を翩翻《へんぽん》と靡《なび》かせ、太地浦の湊《みなと》に凱旋《がいせん》を果たすのじゃ」

兵庫は眸子を潤《うる》ませ、遠い目をしながら黙った。

おそらく、心は熊野沖へ飛んでいるのだろう。

全盛期、太地浦では一漁期で百頭もの鯨が捕獲されたという。

鯨は藩にも大いなる利益をもたらす。ゆえに、紀州藩でも新宮藩でも、漁師たちは手厚く保護されていた。たとえば、浦方《うらかた》の自治に委《ゆだ》ねられている古座浦の鯨方役所などには、漁民を養うべく、藩から一年に三百石が支給されていた。

兵庫によれば、鯨漁を維持するためには年間十五頭以上の水揚げが要るらしい。ところが、このところ外国船が近海を荒らし、鯨を大量に捕獲していくので、水揚げは激減しているという。紀州藩などは、堺の藩物産方役所から鯨方役所の運営資金を借用し、急場をしのいでいるほどだった。

「その年は大漁でな。ところが、漁師たちの大半が牢に繋がれた」

「どういうことです」

「わしがな、網元の家から妙なものをみつけてしまったのじゃ」

「妙なもの」

「琥珀玉じゃよ。竜涎香とも呼ぶ」

「竜涎香なら、存じております」

シーボルトとの経緯をはなすと、兵庫は静かに唸った。

「そうか、カピターンの一行が江戸に来ておるのか」

「どうか、なされましたか」

「胸騒ぎがしてきおった。漁師たちが牢に繋がれた件にもカピターンが関わっておったからな」

「カピターンが」

「順を追ってはなさねばなるまい。まずは、竜涎香のことじゃ。それはただの竜涎香ではなかった。ロザリオだったのさ」

「ロザリオとは」

「十字架じゃよ。神の子イエス・キリストが磔にされたという十字架が、竜涎香

でつくられておったのじゃ。それが網元の家からみつかった。わしは宗門奉行《しゅうもんぶぎょう》
を兼ねた大目付さまの命を受け、漁師たちが切支丹であることを証明できる何か
を探しておったのだ。まさに、竜涎香のロザリオこそ、わしが探しておったもの
じゃった」

兵庫が切支丹探索の命を受けたときから遡《さかのぼ》ること一年前、太地浦の漁師たち
が百余名も一挙に行方不明になったことがあった。時化《しけ》で遭難したとおもわれた
が、事実はちがっていた。鯨漁の船団が丸ごと、英国船に拿捕《だほ》されたのだ。

誰もが生存をあきらめ、鯨漁もこれで仕舞いかとおもわれた。ところが半年
後、漁師たちはひとりのこらず戻ってきた。顔つきから何から、まったくの別人
のように変わっていたが、本人たちであることはまぎれもない事実だった。

漁師村は喜びに溢れたが、喜んでばかりもいられない事態となった。新宮藩の
役人が漁師たちに糾してみると、耶蘇教への改宗を条件に命を救われたというの
だ。漁師たちは「改宗は生きるための方便だった」と主張したが、そうではなか
った。漁師たちは神デウスの御許に抱かれる殉教者《じゅんきょうしゃ》たるべく、信仰に目覚めて
いたのである。

それが判明したときから、新宮藩の懊悩《おうのう》がはじまった。

法度《はっと》に従えば、異教徒は無条件で火炙りにしなければならない。だが、鯨漁に長《た》けた漁師たちは、藩にとって必要欠くべからざる存在だった。

藩は沙汰《さた》を出しあぐね、漁師たちが改宗にいたった事実と経過を隠蔽《いんぺい》した。

「そこで、カピターンの登場と相成る」

と、兵庫は芝居がかった口調で喋る。

幕閣の知るところとなったのは、当時江戸へ参府していたカピタンからの情報であった。英国と張りあっていた蘭国は、英国の粗探《あらさが》しをしていた。ちょうどそこへ、英国船が日本の漁師を拿捕するという、おあつらえむきのはなしが舞いこんできた。

拿捕されて戻された漁師たちは、改宗させられたかもしれないと、カピタンは得意気に語ったという。

聞かされた幕閣の面々にしてみれば、じつに迷惑千万なはなしだった。

相手は御三家の分家筋にあたる。徳川家の威光にも関わってくる内容だけに触れたくはないが、疑いがあるかぎり、ひととおりは調べてみなければならない。

厄介事は、大目付に押しつけられた。

が、大目付とて、及び腰の観は否めない。

繰りかえすようだが、新宮藩を司《つかさど》る水野家は紀州徳川家の番頭格、下手に手をつければ火傷《やけど》する。

「今からおもえば、適当な調べでお茶を濁す腹だったのじゃろう。ゆえに、わしのごとき、御目付配下の小者が送りこまれたのじゃ」

ところが、兵庫は懸命な探索の末、竜涎香のロザリオをみつけてしまった。

「わしはロザリオを抱え、命懸けで東海道を駆けくだった。そして、どうにか無事に、大目付さまにお渡し申しあげたのじゃ」

「大目付さまは何と」

「大儀である、追って沙汰いたすゆえ、自邸にて謹慎《きんしん》せよ。さように命じられた。わしは耳を疑った。なぜ、手柄をたてたのに、謹慎せねばならぬのか。大目付さまは、苦虫を嚙みつぶしたような顔をしておられたわ。そのときになって、ようやく、自分は余計なことをしでかしたのだと悟った」

新宮藩は大目付から内々に命じられ、罪状を公にせずに漁師たちを捕縛した。噂によれば、紀州と新宮両藩の役人が立ちあいのもと、捕縛された漁師たちに内々であることがおこなわれたという。

「踏み絵じゃ。踏み絵を踏んだ者は救われ、踏まなんだ者は妻子ともども領外追放となった」

「領外追放」

「ああ。踏み絵を踏まぬ反骨漢《はんこつかん》がおったのよ」

これまでどおりに生活を保証され、ふたたび、海に出られるのだぞと囁かれ、多くの者たちが泣きながら踏み絵を踏んだ。そうしたなか、どうしても信仰を捨てられない漁師たちが二十人近くいた。

「切支丹で火炙りにならなんだ者は、おそらく、その連中だけじゃろう」

領外追放なる沙汰は恩赦《おんしゃ》というより、責任の放棄であった。

「御三家の御威光がはたらいたということさ。無論、重臣方のお考えなど、一介の隠密には知るよしもない。わしは半月ほど経って謹慎を解かれ、一切関わりを持たぬようにと釘を刺されたうえで、別件の探索にまわされた。情けないおもいでいっぱいじゃった。されどな、今にしておもえば、それでよかったのじゃ。誰ひとり、死なせずに済んだのじゃからな」

領外追放となった漁師のなかには、竜涎香のロザリオを隠しもっていた網元もふくまれていたという。

「網元の一子は十五じゃった。浦方随一の羽差になれる資質を備えた若者でな。

わしは密かに網元の足跡を追ったのじゃ。そやつ、一子を連れて江戸に出てきよってな。妻はすでに亡くしていたが、みずからの素姓も息子のあることも隠して商家に婿入りしおった。人を惹きつける資質を備えていたのであろう。浦方でも人望の厚い男であったが、商家でも才覚を存分に発揮した。無論、外で離れて暮らす息子以外に、素顔を知る者はいない。商家の主になった男は、やがて、領外追放になった切支丹仲間を密かに集め、庇護《ひご》しはじめた。あれから十余年、信仰に支えられた元漁師たちの鉄の結束は、なおいっそう、強固なものとなったにちがいない」

半四郎は兵庫の長いはなしを聞きながら、息苦しさを感じていた。

「どうした。顔色がわるいぞ」

「何でもありません。ご心配なく」

「さようか。なれば、核心にはいろう。網元が婿入りしたさきは薬種問屋でな、数年後、屋号を三泉堂と変えた」

「え」

「さよう、賊に殺された三泉堂の主、平右衛門というのが網元にほかならぬ。三泉堂の三泉とはおそらく、紀三井寺《きみいでら》の山内にある吉祥水《きっしょうすい》、楊柳水《ようりゅうすい》、清浄水《しょうじょうすい》の三泉のことであろう。平右衛門は紀ノ国への忘れがたい郷愁を、屋号に託したのじゃ」

「信じがたいはなしです」

「そうよな」

「お教えください。紀州との関わりが切れた三泉堂の主なれば、切支丹として捕らえることもできたはず。なぜ、兵庫どのは、手柄をあげようとなされなかったのですか」

「わからぬ。ただ、海に出られなくなった者たちの悲しみがわかるような気がしてな。それに、竜涎香のロザリオをみつけてしまった負い目もあった。捕まえるどころか、いざとなれば救ってやろうなどと、おこがましいことを考えておったのさ。そのうちに、わしも年を取り、連中と関わる気力もなくなった。されど、因果《いんが》はめぐる糸車じゃ。おぬしが三泉堂に関わりを持った」

「深入りすれば火傷をするとは、そういうことだったのですね」

「ああ。かりに、おぬしが隠れ切支丹をみつけたとしよう。おぬしはお上に仕える役人ゆえ、連中を捕まえねばならぬ。されど、捕まえれば、本人のみならず、妻子もみな火炙りに処せられるであろう。そうした岐路に立たされたとき、おぬしは決断できるのか。連中を裁くことができるのか。あるいは逆《さか》しまに、役人であることを捨て、連中を救うことができるのか」

半四郎は俯き、黙るしかなかった。

兵庫の指摘するとおり、決断できるかどうかの自信はない。

「三泉堂の惨劇は、とある筋から聞いた。盗人どもの狙いは、文箱であったとか」

「いかにも。拙者も文箱を追っております」

「中味が何か、察しておるのか」

「おはなしを聞いているうちに、何となくわかってまいりました。仲間の名や所在を連ねた書付《かきつけ》ではないかと」

「おそらく、そうであろう。書付は敵の手に渡った。書付に基づいて、切支丹狩りがおこなわれた形跡もある」

「え」

「ここのところ、辻斬りがつづいておったであろう」

「あっ」

「わかったか」

「はい。斬られたうちの三人は船頭で、もうひとりは高杉伝朴なる蘭医でした。四人はいずれも、死んだあとで胸を十字に裂かれていた」

「四人は書付に載っていた者たちであろう。十字の傷は異教徒の徴《しるし》じゃ。わしは な、十字の裂き傷に、何者かの根深い恨みが込められているのを感じる」

「ふうむ」

半四郎は唸った。

兵庫はつづける。

「書付が敵の手に渡ったと知り、ほかの切支丹たちは雲隠れした。隠れたさきがどこかはわからぬが、おそらく、江戸から出てはおるまい」

「敵というのは、紀州藩と新宮藩の重臣たちでしょうか」

「おそらくな。この一件には、抜け荷も絡んでおる。誰が黒幕かはわからぬが、紀州藩のかなり上の者ではないかと、わしは睨んでおる。それともうひとつ、案じられるのは、網元の一子が生きているということじゃ」

「銛打ち名人の息子ですか」

「生きておれば三十すぎ。されど、所在は知れず」

「父親を死に追いやった者たちへの恨みは深い。もしかしたら、仇を討とうとするかもしれませんな」

「それだ。わしが案じておるのは。息子は良いやつだった」

「ご存じなのですね」

「ああ。同じ船に乗り、鯨漁に出向いたのさ。息子の平九郎だけが、わしに打ち解けてくれた」

半四郎は、耳を疑った。

「今、何と仰いましたか」

「平九郎じゃ、それが息子の名よ」

兵藤平九郎という姓名が、頭のなかで回転しはじめる。

「そろそろ、長い喋りは仕舞いにしよう。おぬしの内に燻《くすぶ》る同心魂に火が点《つ》いたら困るからの」

もはや、遅い。

半四郎の決意に気づかず、兵庫は笑いかけてきた。

「紀州の海が何と呼ばれておるか、教えてやろうか」

「はい」

「無双《むそう》の海じゃ。わしも長くはない。できれば死ぬまえにもういちど、あの海を目にしたいものよ」

「無双の海」

その呼び名を、半四郎は呪文《じゅもん》のように繰りかえした。

十一

そのころ。

三左衛門は清次に連れられ、京橋の炭町《すみちょう》寄りにある竹河岸《たけがし》までやってきた。

河岸全体が夕闇に包まれても、荷船の行き来が滞ることはなく、栈橋《さんばし》付近では荷下ろしが忙しなくつづけられている。

ふたりは栈橋を見下ろすことのできる船宿の二階に陣取り、窓辺からそっと様子を窺った。

「例のもの、お持ちしましたよ」

清次は懐中に手を入れ、二寸四方の木箱を取りだす。

蓋を開けてみると、真綿に包まれた飴色の球体が目に飛びこんできた。

「ほほう、それが竜涎香か」

「御禁制の証拠となる品ですよ」

三左衛門は、飴色の表面にそっと触れてみた。

「すべすべしておるな」

「鯨の結石とはおもえますまい」

「そうだな」

清次は竜涎香を慎重に仕舞い、ふたたび、窓外に目をやった。

「ほら、あそこで帳簿をつけている狐顔《きつねがお》の男がおりましょう」

「ん、どれどれ」

三左衛門は身を乗りだし、偉そうに指示を繰りだしている狐顔をみつけた。

「あれは番頭の嘉次郎《かじろう》です」

阿蘭陀屋吉兵衛の懐刀《ふところがたな》として、抜け荷のすべてを仕切る男だという。

「嘉次郎か」

「ちょうど今、荷船が一艘接岸しましたね。あれには御禁制の品が積んでございます」

「竜涎香か」

「そうとはかぎりません。唐渡《からわた》りの薬種もございますし、阿蘭陀の銀製品などもございましょう」

「どうして、御禁制の品と見分けがつくのだ」

「じつは、荷役のなかにも隠密を忍ばせておりましてね」

「紀州のか」

「ええ。その連中が受けとりにゆく荷は、たいていは黒なのです」

「ふうん。江戸でも屈指の喧噪《けんそう》を誇る河岸へ、堂々と抜け荷の品が運ばれてくるとはな」

「かえって、賑やかなところのほうがみつかりにくいものなのですよ」

「なるほど、そうかもしれぬ」

清次は丸二年もかけ、阿蘭陀屋の裏側を懸命に探ってきた。

成果のひとつが、抜け荷の品が荷揚げされる場所と日時を突きとめたことだ。

「ほかにも、いくつか荷揚げする河岸はございます」

「そこまで調べてあるなら、もはや、阿蘭陀屋は言い逃れできまい。一斉に差し押さえたらどうなのだ」

「できなくはありません。されど、大物を取り逃がしてしまう恐れがございます」

「黒幕のことか」

「はい」

「誰なのだ、いったい」

「まことのことを申せば、わたしのような下っ端には教えてもらえないのです」

「どうしても知りたければ、差配役から直《じか》に聞けということか」

「そうしていただくしかありません」

清次は溜息を漏らし、暮れなずむ川縁《かわべり》に目を落とす。

悲しげな横顔だ。

逢いたくても逢えない相手でもいるのだろうか。

「つかぬことを聞くが、おぬし、好いたおなごでもおるのか」

「え」

「娘のおすずが、おぬしのことを忘れられぬらしい。なあに、流行《はや》り風邪をひいたようなものだが、父親としてはいささか心配でな。きっぱり、あきらめさせるにも理由がいる」

「適当に仰《おっ》っていただいて結構です」

「そうはいかぬ。娘に嘘は吐きとうない。それに、嘘はすぐにばれる。おすずは勘の良い娘でな」

探るような眼差しを向けると、清次は辛そうに黙りこんだ。

「どうした。気に障《さわ》るようなことでも聞いたか」

「いいえ」

「ならば、教えてくれ。好いたおなごがおるのか」

「おります」

「そうか、やはりな。おぬしには、ちと聞かねばならぬことがある。おすずが迷いこんだ御堂のことだ」

「何のことやら、さっぱりわかりません。わたしがおすずちゃんをみつけたのは、小石川三百坂の坂下です。御堂も竹藪も知りません」

「竹藪とは言うておらぬぞ」

「あ」

清次の顔が、みる間に紅潮してゆく。

「嘘は顔に出る。隠したいこともあろうが、素直に答えてくれ。おすずは御堂から美しい歌声が流れてくるのを聞いたそうだ。聞いたことのない異国のことばで歌われた歌、おぬしならその歌が何であるか知っているかもしれぬとおもうてな」

「知りません」

「わしはな、その御堂まで足を運んでみたのだ。大勢の人間が集まっていた形跡はたしかにあった。竹藪のなかで土饅頭もみつけたぞ。土饅頭には墓標が刺さっておってな、墓標に記された字を目にした途端、わしは膝の震えを禁じ得なくなった」

清次の眸子が殺気走った。

「そのことを、誰かに伝えましたか」

「妻のおまつと娘のおすずには念を押した。土饅頭をみたことも、御堂や歌のことも、けっして口外せぬようにと」

「賢明なご判断です」

清次はあきらめたように、うなだれてみせる。

三左衛門は、ゆっくりとした口調でつづけた。

「おすずは、色の白い美しいおなごに声を掛けられたそうだ。おなごは、みずからをイカルと名乗った。ツキヒーホシと鳴くので三光鳥とも呼ぶと、紅い口で教えてくれたらしい。おすずは、イカルも三光鳥も知らぬ。ゆえに、夢をみたのではない。おなごは、そこにちゃんといた。もしや、おぬしが恋慕する相手とは、イカルというおなごではないのか」

「どうして、そうおもわれるのです」

「いやなに、そんな気がしただけだ」

清次は眼差しを宙に遊ばせ、ひとりごとのようにつぶやいた。

「イカルは不幸な生いたちの娘です。幼いころから、やりたくもないことをやらされてきた。救いを求めて迷ったすえに、あの方と出遭《であ》うべくして出遭った。そして、同じように迷っていたわたしを、正しい道へと導いてくれたのです」

あの方とは、デウスと呼ばれる神のことなのだろうか。それとも、十字架に架けられた痩《や》せた男のことなのだろうか。三左衛門には、よくわからない。

「清次よ。おぬしの申す正しい道とは、三尺《さんじやく》高い白木のうえで磔にされ、火に焼かれる道のことか」

「何だと」

清次は面を怒りで染め、凄まじい形相《ぎようそう》で睨みつける。

三左衛門は躱《かわ》すように、ふっと笑みを浮かべた。

「おぬしが何を信じようと、わしには関わりのないことだ。案ずるな。これからも関わる気はない。ただ、おぬしの狙いが知りたい。抜け荷の黒幕を暴くことが、どうして、仲間を救うことに繋がるのだ」

清次の眸子から、怒りの感情がすっと消えた。

「最初は、無念腹を切らされた父の恨みを晴らさんと、差配役の指示どおり、抜け荷のからくりを探っておりました。そして、敵方の阿蘭陀屋吉兵衛に雇われた根来《ねごろ》のはぐれ忍びと出遭いました。それが、イカルです」

「根来のはぐれ忍び」

「高い報酬を払ってくれる者のために忍び働きをする草《くさ》の者だそうです」

「ふうむ」

天下太平のこの時代に、そうした者たちが存在すること自体、三左衛門は信じられなかった。

「イカルは多くを語りませぬが、死にぼとけと呼ばれる上忍《じょうにん》に仕えております」

死にぼとけたちは阿蘭陀屋に雇われているものの、実質は新宮藩江戸留守居役日置主水之丞の命に従っているという。

「日置の命とは」

「隠れ切支丹の探索です。今から十余年前、太地浦の鯨漁師たちが、とある理由で改宗し、その一部が領外追放となり、江戸へ逃れました。はっきりとした理由はわかりませんが、日置は今頃になって、その者たちを狩りだそうとしているのです」

「それはすべて、イカルと申すおなごが喋ったのか」

「はい。イカルは包み隠さず、教えてくれました」

「危ういな。翻意《ほんい》し、帰依《きえ》したことがばれたら、おなごの命はないぞ」

「承知しております。ゆえに、切支丹狩りを阻止することができるまで、逢うのはやめようと約束いたしました」

「そうか」

おそらく、おすずが迷いこんだ日を最後に逢えずにいるのだろうと、三左衛門は憶測した。

「イカルはわたしと良い仲になったあとも、切支丹に帰依したことは秘密にしておりました。それをはなすきっかけは、浅間さまにお伝えいただいた義兄の死です。その死が偽装であったことを、姉ともども流し雛の数日後、イカルから聞きました」

「さぞや、驚いたであろうな」

「わたしは驚きましたが、姉はいたって冷静でした。そうかもしれぬと察していたのでしょう。でも、同時に発せられたイカルのことばには、わたしも姉も耳を疑いました。義兄は切支丹だったのです。しかも、姉を娶るずっと以前から。そんなこと、義兄はおくびにも出さなかった。そのうえ、拷問蔵で踏み絵を踏まされたという。転んだ負い目から、江戸の切支丹仲間とも行動をともにせず、闇に潜んで切支丹狩りを阻むつもりであろうと、イカルは憶測しておりました。そのために、死んだことにしたかったのではないかと」

イカルは兵藤平九郎のことを清次にはなし、みずからも切支丹に帰依したことを告白したのである。

「わたしと姉はイカルに導かれ、仲間たちの集うところへおもむきました」

「そこで、何をみた」

「光をみました。たちどころに、自分が生かされている目的を知りました。姉も同じだったとおもいます。わたしも姉も絹も、あの方に帰依したのです。身も心も軽くなりました。それと同時に、イカルへの恋情は断ちきりがたいものになったのです」

「望んでも逢えぬのだな」

「はい。こたびの一件に終止符《しゅうしふ》が打たれないかぎり」

抜け荷の黒幕はとりもなおさず、隠れ切支丹狩りの黒幕でもあった。やはり、かなりの大物らしく、敵方につくイカルもそこまでは知らない。清次も静香も、どうにかして黒幕の正体が知りたいとおもっていた。

三左衛門は、ふっと笑みを漏らす。

「ところで、わしの手許に、兵藤平九郎の髻《もとどり》がある」

「え、まことですか」

「ああ。もはや、隠しておく必要もあるまい。兵藤に託されたのさ。二度死んだことにしてほしいと言われてな。首尾は差配役に伝えてくれたはずだな」

「はい。柏木さまには、兵藤平九郎を成敗したとお伝えしました」

「差配役は信じたか」

「半信半疑だとおもいます」

「ならば、髻のことを伝えるがよい。お望みなら、いつでもご覧に入れる。ただし、見料は少々高くつくとでもかましておけ」

「なぜ、そのようなことを」

「おぬし、飼い主を疑ったことはないのか」

「ござりませぬ。だいいち、われわれは柏木さまの命で抜け荷の黒幕を探っているのです。敵のはずがないではありませんか」

「そこに盲点がある。二年も探らせておいて、いっこうに黒幕が判明せぬのはおかしい」

「そ、そうでしょうか」

「ともかく、本人に探りを入れてみよう」

「ご随意に。髷の件は申しあげておきます」

「ふむ、頼んだ」

河岸は薄闇に閉ざされたが、荷下ろしは延々とつづいている。

十二

翌日。
――今宵《こよい》、夕月楼にて
という言伝《ことづて》を携えてきた仙三によれば、半四郎は雪乃の父親に会い、兵藤平九郎に関して何か重要なはなしを聞きだしてきたらしかった。
是非《ぜひ》とも聞かねばならぬと、おもっていたやさき、柏木陣内の使いだという男がひょっこり長屋を訪ねてきた。

背中の曲がった小柄な男で、近在の百姓なのか、野良着を身に着けている。

「おらは言付《ことづ》かっただけさ。今夜戌《いぬ》ノ刻（午後八時）、高輪の浮舟《うきふね》まで来いとさ」

「浮舟とは」

「船宿だとよ」

無愛想に吐きすて、男は去った。

年齢は判然としない。前歯が飛びだしており、貧相な顔は鼠に似ていた。目付きが、ただ者ではなかった。気のせいかもしれない。

ただ、ああした目の男を何人もみてきた。盗人、人誑《ひとたら》し、人斬り。悪党はみな、感情の無い狼《おおかみ》のような目をしている。

ともあれ、来いというのであれば、出向かねばなるまい。

三左衛門は夕月楼に行くのをとりやめ、顔見知りの御用聞きに半四郎への言伝を持たせると、暗くなるのを待って長屋を抜けだした。

おまつを心配させまいと、行く先は夕月楼にしておいた。

のんびり歩いてゆくつもりであったが、鎧《よろい》の渡《わた》しで船頭に声を掛けられた。

「安くしとくから、乗っておくんなせえ」

親しげな調子に乗せられ、老いた船頭の船に乗った。

栈橋に降りると、ほかに客があったにもかかわらず、船頭は乗せようとしない。

妙な気分になったが、ともかくも船上の人となった。

「高輪までやってくれ」

「へえい」

日本橋川を漕ぎすすむあいだ、船頭はひとことも発せず、艪《ろ》を漕ぐ音に眠気を誘われた。

うとうとして気づいたときには、すでに、江戸湾の浜辺近くをすすんでいた。

「船頭、どのあたりだ」

「へい、右手をご覧いただければ、浜御殿《はまごてん》の甍《いらか》が茜《あかね》に染まっておりまさあ」

「洒落《しゃれ》たことを抜かす船頭だな」

「へへ、江戸湾の波は小波《さざなみ》ばかりだ。軽口のひとつも出てくるってなもんで」

「江戸湾のほかでも船を漕いでおったのか」

「無双の海で漁師をしておりやした」

「ん、紀州の出か」

「荒波のうえで鯨を捕ってたころが、懐かしくてねえ」

ぐすっと、船頭は洟水を啜る。

三左衛門は頬を緊張させた。

「おぬし、わしとわかって乗せたな」

「へい。さようで」

「狙いは」

「とある方に、ご伝言を頼まれたものでね」

「誰だ」

「そいつは、ご想像におまかせしやしょう」

「兵藤か。兵藤平九郎だな」

「さあ。その方は、ずいぶん案じておられやしたよ。なあに、おめえさんの身を案じているんじゃねえ。おめえさんが余計なことをしでかさねえかと、そいつが心配らしいので」

「ふん、なるほど」

船頭は艪を漕ぐ手を止め、じっと沖をみつめた。

「海に映った夕焼けが、血の色にみえて仕方ねえ。旦那、三人の船頭が辻斬りに殺《や》られちまった件、捕り方はお蔵入りにしちまったようだ」

「それがどうした」

「三人とも、あっしの仲間でね。ついでに言えば、高杉伝朴って蘭医もよく知っておりまさ」

「何だと」

「まあ、聞いておくんなさい。わしらはみな、紀州の太地浦からやってきた漁師なんでさあ。それも、鯨を捕る漁師でね。遺体の胸に十字の裂き傷があったってのは、ご存じでしょう」

「ふむ」

「あれは何だとおもいますね。ロザリオですよ。ロザリオってな、キリストさまが磔にされた十字架のことでさあ。やつら、わざと痕跡をのこしていきやがった。おれたちを恐怖のどん底に落とすためにね」

「なぜ、わしに秘密を漏らす」

「旦那は、はなしのわかるおひとのようだ。あっしからもひとつ、忠告してやろうとおもってね」

「何を」

「お節介もほどほどにしねえと、墓穴を掘るってことさ」

船頭はそれきり黙り、艪を漕ぎつづける。

夕陽が沈むと、海原は波立ちはじめた。

「不吉な」

我知らず、三左衛門はつぶやいた。

十三

高輪は月の名所だ。

旅籠《はたご》を兼ねた茶屋や船宿は、高床式《たかゆかしき》の二階建てが多い。

空には眠ったような月しか出ておらず、昏《くら》い海を眺めていると吸いこまれそうな錯覚をおぼえる。

『浮舟』はほかの船宿とは離れ、縄手《なわて》にぽつんと建っていた。

軒行灯《のきあんどん》の心細い灯りを頼りに近づくと、隣りあわせて小さな社《やしろ》が建っている。

そろそろ、町木戸の閉まる刻限だった。

三左衛門はことさら、ゆったりとした足取りで向かった。

船頭から忠告されたこともあって、胸騒ぎを感じていた。

案の定、船宿で待っていたのは、柏木陣内ではなかった。

「うっ」
表口に近づいた途端、血腥い臭気に鼻をつかれた。
敷居のあたりは血の海で、花柄の着物が血に染まっている。
船宿の女将であろうか。
鋭利な刃物で、喉首を掻っ切られていた。
壁にもたれて座りこみ、眸子を瞠っている。
虚《うつ》ろな眼差しは、二階へ通じる急階段をみつめていた。
「くそっ」
三左衛門は葵下坂の鯉口を切り、階段に足を掛けた。
一段一段慎重に上り、上りきったところで、うっと息を詰める。
むんとした湿気を感じた。
夏でもないのに、銀蝿《ぎんばえ》が飛んでいる。
畳は血を吸い、どす黒く変色していた。
床の間の柱に、誰かが寄りかかっている。
どきんと、心ノ臓が脈打った。
屍骸《むくろ》だ。

一刀で袈裟懸《けさが》けに斬られている。

「阿蘭陀屋か」

三左衛門は身構えた。

真向かいの下座にも、別の屍骸が横たわっている。

狐顔が、ちらりとのぞいた。

嘉次郎とかいう番頭にまちがいない。

こちらも、胸を袈裟懸けに斬られている。

もはや、手遅れであることはあきらかだ。

「罠か」

それとなく、気づいた。

船宿を包む暗闇が、蠢《うごめ》いたように感じられた。

階段から下を覗くと、捕り物装束の男たちが三人、そっと敷居をまたいでいる。

三左衛門は音をたてずに後じさり、海に張りだす窓辺に近づいた。

「まいったな」

船頭の忠告に耳をかたむけるべきだった。

いまさら遅い。後の祭りだ。

着物の裾をたくしあげ、軒へ上る。

「それ、今だ」

与力らしい男の声が響き、御用提灯《ごようちょうちん》が一斉に点けられた。

「うわっ」

真昼のような明るさだ。

三左衛門は、軒から砂地へ転がりおちた。

「落ちたぞ。捕まえろ」

起きあがったところへ、袖搦《そでがらみ》が突きだされた。

これを避けると、こんどは左右から梯子《はしご》が襲ってくる。

「うわあああ」

小者たちは恐怖のせいか、叫び声をあげていた。

三左衛門は小太刀に手を掛けたが、自重した。

下手に抜けば、お上に抗《あらが》ったものとみなされる。

ひたすら走って虎穴を脱するか、恭順の意をしめすか、ふたつにひとつしかない。

「くそったれ」

相手のほうが一枚上手だった。

認めたくはないが、そういうことだ。

周囲は騒然としている。

捕り方の数は二十や三十ではきかない。

「神妙にいたせ」

陣笠《じんがさ》の与力が、前面に押してできた。

「南町奉行所の仙波弥一郎である。商人ならびに船宿の女将を殺《あや》めた罪じゃ。神妙にお縄をちょうだいしろ。それ、ものども、敵はひとりぞ。あやつを引っ捕らえい」

「ぬりゃ」

背後から、小者の影が迫った。

「うっ」

後ろ頭に衝撃を受ける。

突棒《つくぼう》で叩かれたのだ。

膝を折りかけたところへ、こんどは刺股《さすまた》が突きだされた。

二股の先端がのど首に塡まり、ぐいっと持ちあげられる。

「ぬぐっ……うぐぐ」

凄まじい力で突きあげられ、息が詰まった。

「それ、今だ」

手足がちぎれるほど引っぱられた。

三左衛門は白目を剝き、口から泡を吹きはじめる。

遠のく意識のなかで、捕り方の誰かが大声で叫んでいた。

「辛抱してくれ。助けてやる。きっと、助けてやる」

半四郎であろうか。

それとも、幻聴なのか。

喧噪は消え、唐突に闇が訪れた。

初《はつ》鯨《くじら》

一

黴臭《かびくさ》い蔵内には三帖の板間があり、黄双紙《きぞうし》大の銅板が無造作に置かれていた。銅板には磔にされた痩せた男の絵が彫ってあり、緑青《ろくしよう》の浮いた表面はかなり摩耗《まもう》している。

「さあ、踏め」

厳《いか》めしい男の顔には、見覚えがあった。

薬研堀のそばで清次を助けたとき、暗闇で対峙した相手だ。

名はたしか、今堀源之進であったか。

忘れていたが、ようやくおもいだした。

新宮藩江戸留守居役、日置主水之丞の用人頭である。

三年前、兵藤平九郎を拷問蔵で責めたてた男にほかならない。

なぜ、今堀に責められねばならぬのか。

三左衛門には、さっぱりわからなかった。

捕まって二日間は、小伝馬町《こでんまちよう》の牢屋敷に放りこまれていたのだ。

三日目の朝に縛《いまし》めを解かれ、晴れて娑婆《しやば》の空気を吸えるとおもった。

油断したところへ、牢屋同心に当て身を食わされた。

気づいてみたら、ひんやりとした蔵に移されていた。

鼻先には、今堀の残忍そうな顔があった。

肩を小突《こづ》かれ、腹を蹴られ、髷《まげ》を摑んで引きずりまわされた。

物のように扱われ、矜持《きようじ》をずたずたにされたあげく、蔵の隅にある板間に連れていかれた。

「あれを踏め」

居丈高《いたけだか》に命じられ、尻を蹴られた。

数歩すすんださきに、銅板が置いてあった。

踏み絵である。

すぐに、それとわかった。
切支丹ではない。
踏むことはできる。
しかし、いざ踏む段になると、抗《あらが》いがたい気持ちが迫《せ》りあがってきた。
妙なものだ。
踏めばその瞬間から犬になりさがる。
そうおもうと、足が動かなくなった。
床几《しょうぎ》に座った今堀は、さも愉快そうに嗤《わら》った。
「おぬし、火炙《ひあぶ》りだな」
その台詞《せりふ》に、からだが反応した。
鉛のような足を引きずり、右足で銅板を踏みつけた。
ひりつくような痛みとともに、天を仰ぎたくなった。
罪深いおもいにとらわれ、四肢が震えはじめたのだ。
今堀は氷のように冷たい目で、じっとみつめていた。
踏み絵は一日一度の日課とされ、今日で三度目になる。
蔵の外から、馬糞《まぐそ》の臭いがしてきた。

馬小屋が近いのだろうか。

だとすれば、どこかの屋敷内なのかもしれない。

新宮藩の下屋敷はたしか、牛込原町《うしごめはらまち》にある。そこなのか。

たとえ、そうだとしても、責め苦から逃れられるわけではない。

見張りのいないときは手足を縛られ、猿轡《さるぐつわ》まで嚙まされている。蔵から逃げだすことはできそうになかった。正直、力も出ない。まともな食事は与えられず、水だけで過ごしているようなものだ。瘦け落ちた頰《こ》には無精髭《ぶしょうひげ》が針のように生え、三左衛門は物乞《ものご》いも同然のすがたに変わっていた。

おまつがこの顔をみたら、さぞかし、嘆くであろうな。

娘たちの顔を浮かべると、少しは気持ちも安らぐ。

家族との思い出だけが、精神に安息をもたらした。

だが、おまつや娘たちと再会できる望みは薄い。

あきらめてはいないが、望みを繫ぐ理由を見出すことはできなかった。

一縷《いちる》の望みを託すべきは、半四郎であろう。必死のおもいで救出の手だてを探ってくれているはずだ。しかし、一介の見廻り同心に何ができる。相手は手強《てごわ》い。しかも、背後に控える黒幕の正体は闇に包まれたままだ。

ただ、ひとつだけ、はっきりしたことがある。

柏木陣内に塡《は》められ、今堀源之進に身柄を渡された。つまりは、抜け荷を探らせていた紀州藩の大目付配下と、抜け荷で潤っていた新宮藩の江戸留守居役が裏で繋がっているということだ。

柏木陣内は役目を忘れ、抜け荷の片棒を担いでいるのかもしれない。

上役の大目付も絡んでいるのだろうか。

わからん。

問いは山ほどあるが、虜囚《りよしゆう》の身では確かめることもできない。

阿蘭陀屋吉兵衛と番頭が殺された理由も、判然としなかった。

蜥蜴《とかげ》の尻尾《しつぽ》切りか。悪事が露見しかけて消されたのか。

主《あるじ》を失い、静香と絹はどうしているのだろう。

清次のことも案じられた。

使い道が無いと判断されたら、三人とも消されるにちがいない。

危ういな。

しかし、三左衛門には何もできないのだ。

莫迦な男だ。

柏木陣内の誘いに乗り、のこのこ船宿に出掛け、殺しの濡《ぬ》れ衣《ぎぬ》を着せられた。
濡れ衣を晴らす機会も与えられず、今や、敵の掌中《しょうちゅう》にある。
敵の遣り口は狡猾《こうかつ》で、三左衛門は無力だった。
あまりにも無力で、悔し涙すら滲《にじ》んでこない。
むしろ、生かされていることが不思議だった。
痛めつけられ、何を聞かれても、答えられない。
脳裏に浮かんでくるのは、右足を引きずった人影だ。
兵藤平九郎め。
おぬしに関わったせいで、悪夢をみせられている。
流し雛に心を惹かれなければ、こうした不運にも見舞われなかったはずだ。
何にでも首を突っこもうとする性分が、こんどばかりは仇《あだ》になった。
身から出た錆《さび》、自業自得。そういうことだろう。
兵藤め。
どこに潜んでいる。
出てこい。助けにこい。
今堀たちには、兵藤の仲間だとおもわれているのだ。

そうでなければ、踏み絵は踏ませまい。
なるほど、そうか。
隠れ切支丹の居所が知りたいのか。
知らぬ。そんなもの、知るわけがない。
三左衛門は胸の裡《うち》で、自問自答を繰りかえす。
いったい、いつまで生かされつづけ、何度踏み絵を踏まされるのだろう。
「ぬふふ」
我に返ってみると、今堀源之進が鼻先で笑っていた。
「わしの信条はな、生かさず殺さずじゃ。今日は伊豆石でも積んでやるか」
配下の小者に向かって、楽しげに指示を繰りだす。
責め苦を与えることが、心の底から好きなのだ。
はたして、どこまで耐えられるのか。
やってみるがいい。
三左衛門は、挫《くじ》けそうな気持ちを奮いたたせた。

二

半四郎は必死だった。

いったんは上役を説き伏せ、三左衛門を解き放ちにできる寸前までいったのだ。

ところが、どうしたわけか、囚われ人は煙のごとく消えてしまった。上役の与力に掛けあっても梨《なし》の礫《つぶて》、文句があれば進退を賭けて御奉行に掛けあうがいいと怒鳴られた。

南町奉行は旗本出身の筒井紀伊守《つついきいのかみ》、昌平坂《しょうへいざか》の学問所で頭角をあらわして出世街道を駆けのぼり、長崎奉行を経て五年前から南町奉行をつとめている。清廉潔白《せいれんけっぱく》にして頭脳明晰《ずのうめいせき》、名判官との評判も高い人物だ。

しかし、宮仕えであることに変わりはない。上から命じられれば、左様《さよう》、然《しか》らば、ごもっとも、と応じざるを得まい。

町奉行に圧力をかけるとすれば、老中をおいてほかには考えられなかった。

いずれにしろ、はなしが大きくなりすぎている。

あきらかに、三左衛門は塡められた。塡めた相手の正体と狙いをつきとめないかぎり、救う手だても考えようがない。

夜になり、三人の男が夕月楼で顔をつきあわせた。

半四郎と金兵衛、そして、元会津藩士《あいづはんし》の天童虎之介《てんどうとらのすけ》である。

虎之介は会津真天流《しんてんりゅう》の免許皆伝。殿様付きの小姓《こしょう》だったが、藩のごたごたに巻きこまれて出奔した。浪人し、今は鎌倉河岸《かまくらがし》の裏長屋に住んでいる。剣は強いが、若いだけに経験は浅い。直情径行《ちょくじょうけいこう》に奔《はし》る癖がある。

三左衛門には大きな借りがあり、師のように頼っていた。

それだけに、焦燥《しょうそう》の色は濃い。

「八尾さま、ここでじっとしているわけにはまいりません」

「まあ、落ちつけ。闇雲《やみくも》に動いても、無駄足になるだけだ」

「紀州藩の大目付配下に、柏木陣内という人物はいたのでしょう」

「ああ、いた。密事与力だそうだ」

「直談判《じかだんぱん》してはいかがです。柏木陣内が浅間さまを罠に嵌めたのだと仰ったではありませんか」

「想像の域を出ぬ」

兵藤に授けられた髻のことは、柏木陣内しか知らないはずだ。あの晩は「髻を渡しにいく」と三左衛門から使いを通じて聞いていたので、半四郎は柏木が怪しいとおもっていた。

「紀州藩の重臣に全幅の信頼をおかれている人物だ。容易な相手ではないぞ。策もなしに談判を申しこんでも、体《てい》よく追いはらわれるだけさ」

「それなら、夜道で待ち伏せし、拐《かどわ》かしましょう。無理にでも口を割らせるのです。もはや、一刻の猶予《ゆうよ》もならじ。この際、手荒なまねも致し方ありません」

「虎之介、おぬしは思慮が浅すぎる。柏木陣内を拐かすにしても、はなしの筋がみえてからだ」

「どうやって、筋を見極めるのです」

「さて」

半四郎は腕組みをして考えた。

「どっちにしろ、鍵を握るのは兵藤平九郎だな」

「浅間さまに髻を預けた御仁《ごじん》ですね」

「ああ。死んだようにみせかけ、行方知れずになった。そもそもは、柏木陣内の配下として新宮藩に潜入し、藩の鯨方となり、横目付の娘と所帯を持ったうえで、阿蘭陀屋の抜け荷を洗っていた。ところが、飼い主である柏木の手を離れた。なぜか。おれは、ふたつの理由があるとおもう」

「ひとつは」

「柏木の裏切りを知ったのさ」

「柏木も、抜け荷の恩恵を受けていると」

「おそらくな。調べるふりをして、みずからの関わりを隠蔽したかったのではあるまいか。阿蘭陀屋殺しが柏木の指示だとすれば、その疑いは濃くなろう」

すべては抜け荷に加担している証拠を消すためだったと考えれば、なるほど、辻褄《つじつま》は合う。

「そして、ふたつ目の理由は、柏木陣内の真の狙いにある」

「真の狙い」

「切支丹狩りだ」

「え、何ですかそれは」

「まあ、聞け」

調べてみると、紀州藩大目付の江頭源丞は宗門奉行も兼ねていた。柏木としては切支丹を束にして捕らえ、江頭の信頼を揺るぎないものにしておきたいにちがいないと、半四郎は確信を込める。

虎之介は、ぎりっと奥歯を噛んだ。

「手柄欲しさに、切支丹狩りをおこなっているのか」

「無論、おもてだってはできぬ。藩ぐるみで切支丹を野放しにした過去が明るみになれば、いかに御三家とて懲罰《ちようばつ》は免《まぬが》れられぬ」

事は内々にすすめねばならない。江戸に散らばる者たちをひとりひとり炙りだし、密かに命を絶つのである。そのためにも、敵は三泉堂が所有する文箱の中味がどうしても欲しかった。

「文箱の中味とは、例の書付のことですね」

「楢林兵庫どのの言をもってすれば、そういうことになるな」

切支丹狩りをおこなう者にとって、信者の姓名所在が列記された書付はのどから手が出るほど欲しいはずだ。

「三泉堂平右衛門は太地浦の網元だった。人望が厚く、漁師たちの面倒見も良かった。この江戸でも、信者たちのとりまとめ役をやっていた」

「兵藤平九郎は、平右衛門の一子なのですよね」

「ああ」

「されど、八尾さま。佐久間敬吾率いる無頼の輩《やから》に三泉堂を襲わせたのは、兵藤ではないのですか」

佐久間と接触をはかったのは、なるほど、右足を引きずった男だった。

「だから、三泉堂を襲わせたのは兵藤だと、あたまから決めつけてかかったのかもしれねえな」

「兵藤ではないと仰る」

「父親を裏切ることができるとおもうか」

兵藤平九郎は最初から隠れ切支丹を守るべく、柏木の配下になったと考えるべきだと、半四郎は強調する。

「すると、文箱を盗ませたのは誰なのです」

「たぶん、柏木だ」

それを証拠に、切支丹の名簿が盗まれた直後から、一連の辻斬りがはじまった。

「一方、兵藤は佐久間敬吾を捜しだし、何らかの方法で接触をはかった。たぶん、面識があったんだろうよ。金の匂いをちらつかせたら、佐久間は気軽に応じたのさ」

佐久間敬吾は親の仇でもあった。兵藤は一撃で仇の頭蓋を割り、ついでに流し雛を使って、佐久間を自分の身代わりに仕立てようとした。

「妙ではありませんか」

虎之介は納得できないらしく、半四郎に嚙みついた。

「右足を引きずった男の件は、どう説明なさるのです。佐久間に近づき、三泉堂を襲わせた人物は、いったい誰なのですか」

「それは、わからぬ。兵藤なら、知っているとおもうが」

「やはり、どうあっても捜しださねばなりませんね。義弟か妻女ならば、居場所を知っているやも」

「阿蘭陀屋《や》が殺られた晩から、そっちも行方知れずだ。生死すら判然とせぬ」

「くそっ、八方塞がりか」

自暴自棄に吐きすてる虎之介を尻目に、半四郎はぴっと片眉を吊りあげた。

「ひとつ、気になることがある」

「何です」

「どうして、あれだけの数の捕り方が出役《でやく》できたかということさ」

半四郎は、じっと天井を睨んだ。

浮舟なる船宿で殺しがあったと、何者かが奉行所に通報してきた。

一報に飛びついたのは、吟味方与力の仙波弥一郎であったという。

「待ってましたと言わんばかりに、仙波さまは陣笠をかぶり、捕り方装束をととのえられた。おれはわけもわからず、捕り方のしんがりから蹤《つ》いていった。たどりついた船宿はすでに血の海だ。しかも、下手人とおぼしき浪人者が、都合よく二階に残っていやがった」

「それが、浅間三左衛門さま」

「ああ、知ったときは驚いた。なにせ、刺股で首を締めあげられるまで気づかなんだからな。うっかりしたと臍《ほぞ》を嚙んだが、後の祭りさ。ともあれ、仙波弥一郎の指示がなければ、あれだけの捕り方は動員できなかった」

「怪しいと言えば、怪しいな」

虎之介も膝を乗りだす。

「八尾さまは面が割れております。仙波は、わたしが探ってみましょう」

「ふむ、頼んだ」

金兵衛はさきほどから、ふたりのやりとりに黙って耳をかたむけていた。どことなく頼りないものを感じており、半四郎は嫌がるだろうが、知恵袋の半兵衛も巻きこんだほうが得策だとおもった。

三

翌夕。

撫《な》で肩《がた》のひょろ長い後ろ姿が、長い影を引きずりながら歩いてゆく。

「得体の知れねえ男だ。気をつけろ」

という半四郎のことばを反芻《はんすう》しながら、虎之介は仙波弥一郎の背中を追った。

隠密のように尾行するのは慣れていないが、気配を殺す術《すべ》は心得ている。

骨法《こつ》をつかめば難しいことではない。

南町奉行所から町屋を抜け、大川へたどりつくころには、すっかり戸惑いも消えていた。

仙波は永代橋《えいたいばし》を渡り、深川へ足を踏みいれた。

佐賀町《さがちよう》の桟橋で猪牙《ちよき》を拾うころには、あたりもとっぷり暮れ、深川七場所《ななばしよ》と称する岡場所の妖しげな軒行灯《のきあんどん》が随所に点滅しはじめた。

川から追尾しようとおもったが、猪牙をみつけられない。

虎之介は着物の裾を端折《はしよ》ると、土手際を駆けだした。

平生《へいぜい》から鍛えているので、駆けるのは苦ではない。

仙波を乗せた猪牙は川面《かわも》を滑っていった。

もちろん、大川を遡上《そじよう》するようなわけにはいかない。川幅は狭いうえに曲がりくねっており、虎之介の足ならば楽に追うことはできた。

猪牙は油堀《あぶらぼり》をたどって永代寺の裏手を漕ぎすすみ、木場《きば》の手前で洲崎《すざき》のほうへ向かった。

洲崎は海に面しており、葦原《あしはら》の土手が東西に長々と延びている。土手の突端に弁天《べんてん》を祀《まつ》る吉祥寺《きつしようじ》があった。門前に築かれた料理屋は、雄藩《ゆうはん》の留守居役などが使う一流どころとして知られている。

おそらく、料理屋に向かうのだろう。

誰と会うのか、見極めねばなるまい。

汗みずくの体で、虎之介はそうおもった。

猪牙は吉祥寺の門前に接する船着場に舳先《へさき》を寄せた。

やはり、仙波は料理屋へ行くのだ。

行き先さえわかれば、急ぐこともあるまい。

虎之介はほっと溜息を吐き、物淋しい土手のうえを歩きはじめた。

眠ったような月は低いところにあり、足許に微かな光を投げかけている。

一本道の前後を眺めても、提灯《ちょうちん》の灯りはみえない。

沖のほうで漁火《いさりび》が瞬《またた》いていた。

裾を舐めて吹きぬける海風は心地よく、波音が静寂を際立たせている。

すでに、仙波弥一郎の影はない。

半町ほどさきで、料理屋の灯が誘うように揺れていた。

そういえば、一度だけ連れてこられたことがあったな。

江戸での長屋暮らしに馴染めず、二度と帰ることのできない会津の景色を脳裏に浮かべながら、やるせなさを感じていたとき、三左衛門が気を遣ってくれたのだ。

美味《おい》しい料理に舌鼓《したつづみ》を打ち、芸者をあげて楽しんだ。

「たまには、金嚢垂《かなぐそだ》れの気分を味わおう」

三左衛門は戯《たわむ》れてそう言った。

気遣ってもらったことが嬉しく、ひとの心の温かみを知った。

「さて、どうする」

とりあえず、仙波を待ってみるか。

正面に聳《そび》えたつ松の木陰へ足を向けた。

生暖かい風が吹き、大松が棘《とげ》のような松葉を散らす。

「妙だな」

虎之介はなぜか、居心地のわるさを感じた。

と、そのとき。

「ひゃ……っ」

叫び声とともに、木陰から何かが躍りだしてきた。

猿か。

咄嗟《とっさ》にそうおもったが、猿にしては大きすぎる。

それに、白刃を握った猿など、みたこともない。

「賊か」

黒頭巾《くろずきん》に筒袖《つつそで》の身軽な人影が一間《いっけん》余りも跳躍し、頭上に襲いかかってきた。

「ふん」

虎之介は自慢の長尺刀《ちょうじゃくとう》を抜き、猛然と薙《な》ぎあげる。

斬。

眠った月が両断されたやにみえたとき、黒頭巾は軽々と宙返りし、ふわりと地に降りた。

刹那《せつな》、別の殺気が迫った。

「ぬはっ」

掛け声とともに突きだされたのは、管槍《くだやり》の穂先である。

虎之介はからだを捻って避けもせず、小脇で穂口をたばさんだ。

「うおっ」

力任せに管槍をもぎとり、頭上でくるっと旋回させる。

投げつけた。

「げっ」

槍の穂先は賊の黒頭巾を掠《かす》め、背後に聳える松の幹に突きささる。

「何者だ」

誰何《すいか》したところで、回答が得られるはずもない。

黒頭巾のふたりは、尋常ならざる体術の持ち主だ。

しかも、虎之介は三人目の気配を察していた。

「上か」

遥か頭上の枝が撓《たわ》み、白刃を握った黒装束が逆落《さかお》としに落ちてくる。

「のわっ」

虎之介は横飛びに跳ね、地べたに転がった。

不意を衝かれた拍子《ひようし》に刀を失い、仕方なしに脇差を抜く。

「ぬふふ、そこまでじゃ」

落下してきた三人目が、黒頭巾の下で含み笑いをした。

「おぬし、仙波弥一郎をつけてきたな。狙いは」

虎之介は問いに応えず、気丈にも問いかえす。

「うぬら、誰に雇われた」

「ふふ、往生際《おうじようぎわ》の悪い男のようだ。もうよい。死ね」

黒頭巾は直刀《ちよくとう》を翳《かざ》し、じりっと躙《にじ》りよる。

そのとき。

――びゅん。

遠くで弦音《つるおと》が響いた。

風切音とともに一本の矢が飛来し、黒頭巾の左胸に突きたった。

「ぬえっ」

狼のような眸子《まなこ》に、苦悶の色が浮かぶ。

黒頭巾は海老反りになり、地べたに尻餅《しりもち》をついた。

——びゅん。

闇を裂いて迫った二の矢は、手下のふたりを木陰に追いやった。

矢を受けた男は呻《うめ》きながら起きあがり、胸に刺さった矢柄《やがら》をへし折る。

生きているのだ。致命傷とはならなかったらしい。

「退《ひ》け」

男が命じるや、忍びの気配は煙と消えた。

虎之介はわけがわからず、よろめきながら立ちあがる。

刀を拾おうとしたところへ、白足袋《しろたび》がひたひた近づいてきた。

身構えると、芳《かんば》しい花の香りが漂ってくる。

「お刀を拾いなされ」

眼差しのさきには、面長の女が佇《たたず》んでいた。

島田《しまだ》くずしの髪に黒紋付《くろもんつき》、どう眺めても辰巳芸者《たつみげいしゃ》にほかならない。

「あ、あなたは」

「樒林雪乃です」

「そ、そうですよね」

雪乃は妖しげに微笑み、手にした矢をみせた。

「縁起物の破魔矢《はまや》ではありませんよ」

「どうして、ここに」

「仙波弥一郎を追っているのは、あなたひとりではありません」

「では、最初から」

「まあね」

「待ち伏せされていることも、ご存じだったのですか」

「いいえ。それはたまたま」

「たまたま」

「ええ、たまたま助けてあげただけ。命拾いしましたね」

雪乃がにっこり笑うと、虎之介は恥ずかしそうに頭を掻いた。

「おかげさまで、助かりました」

「わたしは、これからお座敷にあがります」

「え」

「ふふ、あなたはどうなさるの」

「拙者は、ええと……さよう、仙波の会っている相手が何者なのか、つきとめねばなりません」

「それから」

「え、それから」

「まさか、考えていないはずはありませんよね」

「は、はい。浅間さまの居所を探りだし、救いださねば」

「敵の手に渡って、何日経ちます」

「今日で丸三日です」

「一刻の猶予もありませんね。されば、教えて進ぜましょう。仙波が会っている相手は、新宮藩江戸留守居役の日置主水之丞ですよ」

「げっ、なぜそれを」

「調べていたからです」

「なにゆえ」

「お役目ゆえ、それは申せません」

きっぱりと言い、雪乃は強い眼差しを向ける。

虎之介は眩《まぶ》しそうに目を逸らし、ぼそっと問うた。

「さきほどの賊どもに、おぼえはござりませぬか」

「たぶん、根来のはぐれ忍びでしょう」

「根来のはぐれ忍び」

「ええ。あなたの手には負えない連中ですよ」

「そうかなあ」

むっとする虎之介に、雪乃は流し目を送る。

「ともかく、尋ね人の行方も探ってみましょう」

「なに、いかにして」

「日置主水之丞を誑《たら》しこみます」

雪乃の自信たっぷりな物言いに、虎之介は圧倒された。

「拙者は、どうすれば」

「夕月楼に行けば、半四郎さまが待っておられるのでしょう。おそらく、今晩じゅうにも居場所は判明いたします。半四郎さまともども頭を捻り、浅間さまを救う手だてをお考えなされ。わかりましたか」

「は、はい」

雪乃に軽くたしなめられ、虎之介はどぎまぎした。

問いたいことは山ほどあるが、ことばがうまく出てこない。

婀娜《あだ》な芸者に化けた雪乃は艶《あで》やかに微笑み、暗闇に溶けていった。

四

三度目に踏み絵を踏まされてから、どれだけの刻《とき》が経っただろうか。

三左衛門の顔はしたたかに撲《なぐ》られたせいで腫れているか、もしくは、どす黒く変色しているかのどちらかだった。

腐ったものでも食わされたのか、何度となく嘔吐《おうと》を繰りかえし、酸っぱい汁以外に吐くものもなくなっていた。

咽喉《のど》が渇いて仕方ないが、水を飲めばすぐに吐いてしまう。

額には大粒の汗が浮かび、手足は震えている。

生爪《なまづめ》を何枚か剝《は》がされた。

じんじんする痛みは、もうない。

飢《う》えも寒さも、感じなくなった。

別段、何を聞かれたわけでもない。

聞きたいことがあるのかどうかもわからない。

連中はただ、ひとが苦しむのをみたいだけだ。ひとを痛めつけることで快楽をおぼえる。そうした癖のある連中なのだ。

重い扉が開き、手燭《てしょく》が揺らめきながら近づいてきた。

「くそっ」

恒例の儀式が、またはじまる。

顔を出したのは、今堀源之進ではなかった。

猫背の男だ。

「あっ」

見覚えがある。

柏木陣内の使いと称し、長屋を訪ねてきた百姓ではないか。

野良着ではなく、黒っぽい筒袖を着ている。

筒袖の左胸が破れ、濡れているようだ。

血の臭いがする。

手負いなのか。

誰にやられたのだろう。

頭が、おそろしいほど回転しはじめた。

しかし、動けという意志は手足に伝わらず、三左衛門は緩慢な仕種《しぐさ》で首を捻っただけだった。

「い、今堀源之進はどうした」

「ふん、今頃は洲崎で酒盛りよ。いい気なもんだ。それにひきかえ、こっちは惨めなもんよ。みるがいい。矢で射られちまった。鎖帷子《くさりかたびら》を着ておらなんだら、地獄で閻魔《えんま》と対面しておるわ。くそいまいましい」

男は一歩踏みこみ、ばすっと蹴りを入れてきた。

爪先が脇腹に食いこみ、息が止まりそうになる。

「おっと、死なせるわけにはいかぬ。まだ使い道があるらしいからな」

使い道がある。だから、生かしておくのか。

「お、おぬし、何者だ」

「正体を知れば命はないぞ」

「脅しか」

「無駄なことはせぬ。知りたいなら、教えてやろう。わしらは根来のはぐれ忍びよ。先祖は鉄砲足軽として紀州の殿さまに仕えておったが、世の中は変わった。太平の世で、わしらが必要とされる舞台は少ない。金を払う相手がいれば、どこへでも行く。何だってやるさ」

「名は」

「そうさな」

男は高い窓辺の白壁に目を遣《や》った。

守宮《やもり》の影が月光に浮かび、美しい輪郭《りんかく》をみせている。

「ヤモリ、とでもしておこう」

「ヤモリ」

「ふん、名などどうでもよいわ」

「下郎め」

「そんなことが言える立場か」

ヤモリは身を寄せ、ぱしゃっと頰を張る。

三左衛門は怯《ひる》まず、毅然《きぜん》と問いかけた。

「阿蘭陀屋を殺《や》ったのは、おぬしか」

「そうだと言ったら」

「そうなのだな。命じたのは誰だ。柏木陣内か」

「ふふ、差配役は血も涙もない男よ。役立たずの商人を殺ったうえに、妾宅にお
る妾と娘を拐かしてこいと抜かしおった」

「何だと。静香と絹を拐かしたのか」

「拐かしたのは、わしではない。クチナワとイカルがやった」

「仲間か」

「手下だよ」

「静香と絹は、生きておるのか」

「ああ。おぬしより待遇はいい」

「なぜ、生かしておくのだ」

「きまっておろう。兵藤平九郎を誘いこむためさ。あやつは邪魔だ。消えてもらわねばならぬ。誘いに乗らねば、だいじなふたりがどうなるか、阿蘭陀屋の主従を殺ったのも、そいつを教えてやりたかったからよ」

何やら、兵藤に恨みをもっているような言いぐさに聞こえる。

ヤモリは歳《とし》のわかりづらい皺顔を歪《ゆが》め、口端《くちは》に残忍な笑みを浮かべた。

どうせ、おぬしは死ぬ。だから、何でも教えてやる。とでも、言いたげな顔だ。

「踏み絵は、何度踏んだ」

「三度」

「うほほ、三度も踏んだか。どんな気分だ」

「切支丹でもないのに、嫌な気分になった」

「踏み絵とは、そういうものさ。ときとして、信仰のない者にも信仰心を抱かせる。あれを踏むと、誰であろうと神デウスに救いを求めたくなるのよ」

「なぜわかる」

「簡単なこと。わしもかつては、切支丹であった」

「え」

「驚いたのか。もう、二十年もむかしのはなしさ。わしは敬虔《けいけん》な切支丹じゃった。ところが、踏み絵を踏まされて転んだ。転んだ切支丹に帰る場所はない。生きのびたければ、仲間を売り、下郎になりさがるしかなかったのさ」

ヤモリは自嘲《じちょう》しながら、重々しく語りはじめた。

「踏まねば地獄、踏んでも地獄。隠れ切支丹の行きつくところは地獄しかない。わしは逃げたかった。辛い責め苦からも、精神の苦痛からも、逃れたかった。ゆえに、転んだ。さよう、砕かれた右足で踏み絵を踏んだ瞬間から、わしは犬になりさがった。犬になってでも生きたいと願うのは、人間の業というものじゃろう」

ヤモリはおもむろに、腰の刀を鞘ごと抜いた。

本身《ほんみ》を抜かずに鞘をひっくり返し、三左衛門の右足甲をぐりぐりと押してくる。

「ぬひひ、痛かろう。こうしてな、少しずつ甲を砕いてやるのよ。転べ、転べ、転んだら楽になると、耳許で囁きながらなあ」

三左衛門は、ようやく気づいた。

ヤモリも兵藤同様、酷い拷問によって右足を潰されていた。

佐久間敬吾に接触し、三泉堂を襲うように命じたのは、この男にちがいない。

「わしの足を潰したのは、誰じゃとおもう。柏木陣内よ」

鉄砲足軽として戦国の世に名を知らしめた紀州の根来衆は、多くが幕府や紀州藩に召し抱えられた。しかし、召し抱えられずに不遇を託《かこ》った者のなかには、耶蘇教に帰依することで心の平安を求める者たちもあった。そうしたなか、紀州藩による大掛かりな切支丹狩りがおこなわれ、狩りの陣頭指揮を執ったのが、柏木陣内であった。

「わしは柏木の犬になり、多くの仲間を地獄に送った。すべては、生きるためよ。ふたりの捨て子を拾って育てたのも、我が身が生きぬくための手管にすぎぬ。兄のクチナワはわし以上の残忍さを備えた忍びになった。妹のイカルは心の弱いところがあるが、男を誑しこむ術《すべ》を心得ておる。ふたりはわしの手駒にすぎぬ。死ねば路傍《ろぼう》に生える雑草の肥《こ》やしになるだけのはなし。あやつらが死んでも、わしは生きながらえねばならぬ。この世への恨みを、つぎの世に伝えねばならぬのじゃ」

「わかった。おぬしのはなしはもういい。兵藤平九郎の足を潰したのは、おぬしなのか」

「ああ、そうだ。潰してやった。三年前にな。ただし、そのときは、あやつが切支丹だとはおもいもしなかった。そのころ、わしは柏木の手を離れ、日置主水之丞の命を受けていた。兵藤平九郎は無念腹《むねんばら》を切らされた義父との関わりで、抜け荷の探索をおこなっていた。どこまで知っているのか聞きだすのが狙いでな、さんざんいたぶったうえで、足の甲を潰してやったのさ。ところが、あやつは柏木陣内に救われた。兵藤が柏木配下の隠密だったと知り、わしはその場から逃げようところみた。されど、柏木はわしのやったことを不問にした。今からおもえば、柏木は、兵藤平九郎もわしもまだ、使い道があると踏んでおったのだろう」

わかりにくいはなしだった。

三左衛門の疲れたあたまでは、よく理解できない。

「今年になり、ふたたび、大掛かりな切支丹狩りが江戸でおこなわれるというはなしになった。わしは新宮藩の日置主水之丞から命を受け、無頼漢どもを雇って三泉堂を襲わせ、とりまとめ役の平右衛門を亡き者とすると同時に、文箱を奪った。そして、文箱に隠されてあった書付に添って隠れ切支丹を捜しだし、四人まで斬った」

一気に十余人はいけると踏んでいた。しかも、心を乱した連中は必ずや一カ所に集まろうとする。そこを一網打尽《いちもうだじん》にすると企《くわだ》てていたにもかかわらず、おもわぬところから邪魔がはいった。

「兵藤平九郎よ。あやつが連中を逃がし、隠れ切支丹の痕跡《こんせき》を消した。わしに『兵藤は三泉堂の一子だ』と教えたのは、日置ではなく、柏木陣内だった。そのとき、はじめて、わしは知ったのだ。日置の背後で糸を操っていたのが、柏木陣内であったとな」

兵藤はただの隠密ではなく、志を抱《いだ》いて柏木に近づいた切支丹であった。

「情けないことに、三年前の責め苦のとき、わしはつゆほども疑わなかった。なぜだとおもう。わしは戯れに、あやつに踏み絵を踏ませたのだ。兵藤は足の甲を潰すまでもなく、平然と踏み絵を踏みおった。ああ、こやつはちがうと、わしは一方、柏木陣内がいつの時点で気づいたのかは、本人にしかわからないことだ。おそらく、佐久間敬吾を身代わりにしたと悟った直後ではなかろうかと、三左衛門はおもった。兵藤が死んだとみせかけねばならぬ理由を探ったところ、隠れ切支丹との関わりが炙りだされてきたのだ。

何年にもわたって騙されていたと察し、柏木は怒り心頭に発した。

ヤモリに命じて妻子を拐かし、兵藤を誘いだそうとしているのは、そうした私怨《えん》も絡んでのことである。

ともあれ、どのような事情があったにせよ、兵藤も三年前に転んだ。

面《おもて》には出さず、心で泣いていたであろうことは、想像に難くない。

ヤモリはふと我に返り、鐺《こじり》にいっそう力を込める。

「うぐっ」

「痛いか。痛いなら、叫ぶがいい」

三左衛門は、叫びたかった。

痛すぎて、声すらも出てこない。

「邪教を信じる者は、何も貧乏人にかぎらぬ。身分のある侍が隠れ切支丹のこともある。わしの信条は、誰であろうと区別せぬことでな。これまでも、どれだけ偉い相手でも、右足を潰してやった。いつのまにか、付いた綽名《あだな》が死にぼとけじゃ。つぶしをひっくり返せば、しぶつ。しぶつは死仏、読み方を変えて死にぼとけと言うのよ。くだらぬであろう。縁起でもない綽名じゃ。でもな、わしはけっこう気に入っている」

ヤモリは赤啄木鳥《あかげら》のように笑い、鐺をまたぐりぐりやりはじめた。

五

仙波弥一郎は抜け荷の恩恵を受けていた。その代わりに証拠を握りつぶし、阿蘭陀屋と新宮藩の重臣による悪事を隠蔽してきた。

雪乃は阿蘭陀屋の抜け荷を調べていたが、仙波によってことごとく阻まれた。そして、阿蘭陀屋吉兵衛が殺されたことで、黒幕に繋がる手がかりは切れた。

「こうなったら」

新宮藩江戸留守居役の日置主水之丞を誑しこみ、黒幕とは誰なのかを直《じか》に糾すしかない。

宴もたけなわとなった。

雪乃は日置にすっかり気に入られ、隣に侍《はべ》ってさきほどから酌をしている。

鼻の下を伸ばした馬面は、ただの阿呆にみえて、その実、抜け目のない男であろうことは察しがついた。むしろ、日置に急所を握られた仙波のほうが、利口そうにみえて底の浅い男のようだった。

あんな男が同じ南町奉行所の吟味方与力だとおもえば、情けない気分を通りこして殺意さえ感じてしまう。

仙波は雪乃に気づいていない。おそらく、知らないのだろう。

奉行所には顔を出さないので、吟味方と接点はない。日置に酌をする艶《つや》めいた芸者が奉行直属の隠密であることなど、想像もできないにちがいない。

仙波などはどうでもよかった。気を許せないのは、今堀源之進という日置の用人頭だ。

酒量はかなりいっているはずだが、いっこうに酔った気配もなく、つまらなそうに盃をかたむけては、周囲に注意深く目を配っている。

雪乃も何度か睨まれた。

おもわせぶりに微笑んでやったが、今堀は笑いもしない。

衆道《しゅどう》かもしれぬと、雪乃はおもった。

ひとつ、鎌を掛けてみよう。

「ねえ、留守居役さま」

「ん、何じゃ」

「用人頭さまのお顔、何やら恐ろしゅうございます」

「生まれつきじゃ、気にいたすな」

「あんまり、楽しんでおられぬご様子ですよ」

「よいのだ。放っておけ」

「もしや、妬《や》いておられるのでは」

「そうではない。あやつはな、おなごが注《つ》いでも喜ばぬ」

「あら、おなごがお好きでないとか」

聞こえよがしに声を張ると、今堀が三白眼《さんぱくがん》で睨みつけてきた。

日置が扇を翳《かざ》しながら、さも愉快そうに笑う。

「ぬひゃひゃ、ほうら、怒ったぞ。衆道の恨みは深いと申す。雪奴《ゆきやっこ》も気をつけたがよいぞ」

「まあ、恐ろしや」

「そうじゃ。あやつに構うな。ひとを痛めつけるのが、三度の飯よりも好きな男じゃからな」

「ほんとうに」

「ああ。拷問蔵に連れこまれたら最後、あらゆる責め苦が待っておる」

日置は雪乃の手を取り、爪を撫でた。

「よい爪じゃ。ふふ、手はじめにな、この生爪を剝《は》がされるのよ。傷口に塩を擦りこまれてな。罪人はみな、ひとおもいに死なせてほしいと泣き叫ぶ。ぬへへ、震えておるのか」

「は、はい。あまりに恐ろしゅうて」

雪乃の怖がり方がよほどおもしろいのか、日置の舌は滑らかになった。

「ちょうど今も、拷問蔵にやつの好物が繫がれておる」

「好物」

「罪人のことよ。どうせ死ぬ身だが、まだ使い道はありそうだ。今夜だけは放っておけと言いつけたが、今堀にはそれが不満らしい。好物をお預けにされたものだから、ほれ、ああしてふてくされておるのじゃ」

「意地悪をなさらず、早く帰しておあげになればよいのに」

「そういうわけにはまいらぬ。今堀源之進はわしの護身刀《ごしんとう》、肌身離さず持ち歩かねばならぬのさ」

「それなら、明け鴉《がらす》が鳴くころまで、お遊びなされ。雪奴もおつきあいいたしましょう。浄瑠璃坂の御殿には、お戻しいたしませぬ」

「ぐふふ、嬉しいことを抜かす。されど、そうもしておられぬのじゃ。あと一刻ほども遊んだら、牛込の下屋敷に戻らねばならぬわい」

「おや、牛込に。淋しいことを仰いますな。ひとりぼっちで残されるなんざ、まっぴら御免だよう」

「いやさ、おぬしのお相手は、そこに座る与力どのじゃ。南町奉行所は花の吟味方、切れ者と評判の仙波弥一郎さまなるぞ。せいぜい、可愛がってもらえ」

雪乃は日置にしなだれかかり、いやいやと首を振った。

「雪奴のお大尽《だいじん》は、留守居役さまおひとり」

「愛《う》いやつじゃ。されど、今宵は堪忍しておくれ」

「そんなに牛込にお帰りになりたければ、早くお帰りなさればいい。どうせ、責め苦がみたいのでしょう」

「何を抜かす。牛込屋敷の拷問蔵なんぞに用はないわ」

雪乃の大きな目が、きらっと光った。

差しのべられた日置の手を避け、すっと立ちあがる。

「ちょいと、失礼しますよ」

「どこへゆく」

「野暮なことは、お聞きなさんな」

厠《かわや》に立つとみせかけ、廊下をつっと渡った。

そして、物陰に隠れていた優男《やさおとこ》のそばに歩みよる。

待っていたのは、御用聞きの仙三だった。

「牛込屋敷の拷問蔵だよ」

「承知しやした。では、八尾さまにご伝言を」

「お願いね」

仙三の気配は消えた。

雪乃は周囲に気を配りつつ、何事もなかったように厠へ向かう。

用を足したふりをして戻ると、廊下の片隅で今堀が待ちかまえていた。

雪乃は微塵《みじん》の動揺も顔に出さず、にっこり微笑んでみせる。

「おや、旦那も」

「ふむ、ちと呑みすぎたらしい」

「そうはみえませんけど」

前屈みになって通りすぎようとした途端、右の手首を握られた。

「あれ、何をなされます」

今堀は答えず、手のひらに触れる。

手首を放し、鋭い一瞥《いちべつ》を投げかけてきた。

「固いな。そいつは竹刀胼胝《しないだこ》か」

「滅相《めっそう》もないこと。あたしゃ百姓の出でね、そいつは鍬《くわ》でこさえた鍬胼胝さ」

「ふん、食えぬ女め」

「衆道の旦那に食ってもらおうなんて、これっぽっちもおもっちゃおりませんよ。さあ、退《ど》いてくんな」

裾を端折って啖呵《たんか》を切ると、今堀は不気味な笑いを残して厠へ去った。

雪乃は廊下の角をまがり、ほっと胸を撫でおろす。

「半四郎さま、油断は禁物ですよ」

胸に手を当て、小さくつぶやいた。

六

おまつとおすずからも、行方知れずとなった三左衛門の安否を聞かれている。苦しい言い訳しかできず、みんなで策を考えあぐねていたとき、助け船を出してくれたのは、半兵衛であった。

金兵衛が下谷に使いをやり、三左衛門のことを報せたのだ。

何も知らなかった半兵衛は、押っ取り刀で夕月楼へやってきた。

ひとしきり半四郎に憤懣《ふんまん》をぶつけ、ようやく気が済むと、楼主《ろうしゅ》の金兵衛に特上の下り酒を持ってこさせた。

「ふうむ、本物の満願寺は美味《うま》いのう」

半四郎は我慢ならず、半兵衛に食ってかかる。

「伯父上、酒など味わっているときではありますまい」

「ふん、心配はいらぬ。煮ても焼いても食えぬあやつが、そう簡単に死ぬはずはない」

表向きは強がりを吐いても、内心は心配でたまらないのだろう。

半四郎はあきらめ、そうおもうことにした。昨日から一睡もしておらず、眸子をしょぼつかせている。

やがて、雪乃の言伝を携え、仙三がやってきた。

目指すところが新宮藩の下屋敷だと知り、すぐさま、半兵衛は声を張った。

「火を付けよ」

元風烈見廻り同心が、とんでもないことを口走る。

「牛込と言うたな。今宵の風なら延焼はせぬ」

半四郎は苦い顔を向ける。

「伯父上、火付けは天下の御法度《ごはっと》ですぞ」

「ならば、代案を出してみよ。ふん、出せまい。とかく知恵のないものは、文句ばかり垂れたがる。おぬしはな、まわしも締めずに土俵にあがり、闘わずして負けてくる相撲取《すもうと》りといっしょじゃ」

「その喩《たと》え、わかりにくいですな」

「一刻を争うのであろうが。浅間三左衛門を救いたいなら、ぐだぐだ文句を抜かすでない」

「されば、伯父上、ひとっ走り行ってまいりますゆえ、首尾をお待ちくだされ」

「そうは烏賊《いか》の何とやらじゃ。おぬしに火消しの差配ができるか」

「できません」

「ほうらな。わしを連れていけ」

「え」

半四郎は渋々ながらも、七十近い老人を連れてゆくはめになった。

もちろん、虎之介と仙三も従う。金兵衛は若い衆に火消装束を着させ、少し遅れて馳《は》せ参じるよう、半兵衛に命じられた。

新宮藩下屋敷のある牛込原町に行くには、市ヶ谷《いちがや》御門から左内坂《さないざか》の急勾配《きゅうこうばい》を上り、尾張《おわり》屋敷の裏道をまっすぐ西へ向かう。

そして、馬場の手前で右に折れ、市ヶ谷柳町《やなぎちょう》の辻を左にまがる。

根来百人組の組屋敷や寺社地の混在するなかを抜けると、左手の奥まったところに下屋敷の海鼠塀《なまこべい》が浮かんでみえた。

半兵衛たちがたどりついたのは深更で、あたりはひっそり閑《かん》としていた。

半四郎も虎之介も息を切らしていたが、半兵衛だけは駕籠を使ったので、ひとり覇気《はき》を漲《みなぎ》らせている。

「何やら、大石内蔵助《おおいしくらのすけ》の気分じゃの。半四郎、陣太鼓《じんだいこ》を持て」

「伯父上、戯《ざ》れているときではないでしょう」

「ふん、ひよっこめ、心に遊びがなければ大事はなせぬわ。さてと」

半兵衛は人差し指を舐め、風向きを調べはじめる。

「よし、おもったとおりじゃ、この風なら小火《ぼや》で済ませられる。仙三、塀の向こうに忍びこめるか」

「へえ、そのつもりで梯子《はしご》を担いでめえりやしたけど。こいつが重いのなんの」

「文句を言うな。早く塀を越えろ。半四郎を連れていけ」

「へい」

白髪頭の差配役は、鼻息が荒い。

指示は適切なので、半四郎も虎之介も黙って従うしかなかった。

「たわけどもめ、わしが足手まといだとおもうたら大間違いじゃ」

虎之介は毒づかれ、頭を掻くしかない。

しばらくして、表門脇の潜り戸が開いた。

「さ、伯父上、早く」

半四郎が、内から手を差しまねく。

半兵衛をさきにやり、虎之介があとにつづいた。

ふたりの門番は、当て身を食らって伸びている。

仙三はひとり離れ、逃走をはかる裏門の位置を確かめにいった。

屋敷内は、しんと寝静まっている。

半兵衛は建物の配置を見定めるや、すたすた歩きはじめた。

「半四郎、みよ」

「は」

「長屋門《ながやもん》の脇に馬小屋があろう」

「ありますな」

「夕月楼の連中が到着するのを待って、藁束《わらたば》に火を付けよ。よいか、馬小屋がぼうぼうと燃えたら、声をかぎりに叫ぶのじゃ。火事だ、火事だ、蔵へ逃げよとな。虎之介、おぬしもじゃぞ。寝惚眸子《ねぼけまなこ》の番士どもを、蔵へ逃げよと煽りたてるのじゃ。あとは流れに身を任せればよい。拷問蔵をみつけたら、ふたりで三左衛門の阿呆を助けてこい」

「伯父上は、どうなされる」

「わしは山鹿《やまが》の陣太鼓。この場に陣取り、火消しどもに指図を繰りださねばならぬ。任せておけ」

「はあ」

「案ずるな。半四郎よ、これも人生の教訓とおもえばよい。ぬはは、ぬはは」

半兵衛は胸を仰けぞらせ、大笑する。

どこからそうした余裕が生まれるのか、半四郎には不思議でたまらなかった。

七

見張りの小者が、鼻をひくひくさせた。

「きな臭《くせ》えな」

頬に青痣《あおあざ》のある若い男で、クチナワと呼ばれている。

死にぼとけの異名をもつはぐれ根来の手下だ。残忍さにかけては、死にぼとけや今堀源之進にもひけをとらない。

クチナワは腰帯に、戦利品の葵下坂を差していた。

「火の不始末かい」

三左衛門はクチナワの目を盗み、手首を括《くく》る縄目を弛めようとしている。もう少しで抜けられる寸前のところまでいっていた。

猿轡《さるぐつわ》を塡められているうえに、足首も縛られている。が、両手さえ縄抜けできれば何とかなりそうだ。

三左衛門の鼻にも、きな臭さは漂ってきた。

「むぐ、むぐぐ」

次第に、息が苦しくなってくる。

クチナワは、どうにも落ちつかない。

壁をよじ登って窓から顔を出そうとしたり、石扉のほうへ近づいたりした。

鍵は開いているのに、外へ出ようとはしない。どうやら、下屋敷の番士たちに顔をみられたくないようだった。

これについては、死にぼとけにも厳命されているのだ。

素顔をみられたら舌を嚙め、と命じられているらしい。

ただ、三左衛門には素顔をさらしている。

殺す気でいるからだろう。

「蔵だ、蔵に逃げこめ」

番士たちの叫び声が近づいてきた。

固唾《かたず》を吞んで見守っていると、扉の外に数人の気配が立った。

「急げ。早く蔵へ」

何者かが、番士たちを急きたてている。

その声に、聞き覚えがあった。

「むぐ」

三左衛門は眸子を瞠《みは》り、身を乗りだす。

眼前には、クチナワが仁王立ちしていた。

黒頭巾をかぶり、使い慣れた直刀を抜きはなつ。

「誰であろうと、容赦はせぬ」

クチナワは刀を水平に構え、するすると扉に近づく。

暗がりから、番士がふたり踏みこんできた。

「手燭を翳せ、早くしろ」

柱のうえに手燭が下がり、蔵内が仄《ほの》かに明らむ。

刹那、閃光《せんこう》が走った。

「ぬっ」

「うぐっ」

番士たちが斃《たお》れ、鮮血が周囲に散った。

と同時に、ふたつの大きな人影が、ぬっと左右にあらわれた。

半四郎と虎之介である。

三左衛門は猿轡を噛みしめ、足をばたつかせた。

「あ、向こうにおられます」

虎之介が叫び、半四郎もうなずく。

「しゃ……っ」

白い閃光とともに、火花が散った。

「くそっ」

クチナワの刃は、虎之介に苦もなく弾きかえされた。

「おぬしら、番士ではないな」

「ああ」

半四郎が応じた。刀を抜いていない。

「さては、こいつの仲間か」

クチナワはふわりと舞いもどり、血の滴《したた》る先端を三左衛門に向ける。

そのとき、手首が縄からするりと抜けた。

三左衛門が目で合図を送ると、半四郎はすかさず応じた。

「刺してみろ。おぬしも命はないぞ」

「黙れ。ようし、やってやる」

わずかに、隙が生じた。

三左衛門は右手を伸ばし、クチナワの腰にある葵下坂を抜いた。

「なにっ」

直刀の刃が、三左衛門の鼻面を舐める。

一瞬早く、葵下坂はクチナワの脇腹を剔《えぐ》っていた。

「ぬぐっ」

クチナワは反転し、仰向けに倒れていく。

血溜まりに頭を叩きつけ、こときれた。

「浅間さま」

虎之介が駆けより、猿轡と足の縄目を解いた。

縛《いまし》めから解放された途端、三左衛門は地面に転がった。

「く、くそ。立てぬ」

「虎之介、担いでやれ」

「は」

半四郎に指図され、虎之介は三左衛門を背負った。

右足の甲が疼《うず》いたが、砕かれたわけではない。

蔵の外に出ると、炎が目に飛びこんできた。

厩《うまや》は跡形もなく、長屋門の一部に火が燃えうつっている。

番士たちは水桶《みずおけ》を提げ、右往左往していた。

屋根のうえは、刺子半纏《さしこばんてん》を纏った連中で占められている。

「毀《こわ》せ、引っぺがせ」

延焼を避けるべく、鳶口《とびぐち》で板葺《いたぶ》きの屋根を毀しているのだが、素人《しろうと》にしては手際がよい。夕月楼の若い衆には、どうやら、本職の火消しも混じっているらしかった。

半兵衛は風上に陣取り、てきぱきと指示を繰りだしている。

「ほれ、あっちへまわれ。火を断ちきるのだ。急げ」

夕月楼の若い衆は、水際だった動きをみせた。

行き場を失った炎は、ひとつところに固まりつつある。

音をたてて崩れおちる瞬間が、目前に近づいていた。

「ぬはは、ざまあみろ」

半兵衛は嬉々として命を下し、番士たちも威厳のある老骨の指図にしたがった。

この方に従えばまちがいはないと、誰もが本能で感じとったのだろう。

三左衛門は半兵衛の雄姿をみつけ、胸が熱くなるのを感じた。

「伯父上、伯父上、そろそろ退散しましょう」

半四郎が、必死に叫んでいる。

半兵衛は、後ろもみずに胸を張った。

「そうはいくか。火のかたまりが落ちるまで、わしは踏みとどまらねばならぬ」

「何を仰います」

「いいから、さきに行け。その阿呆を早く介抱《かいほう》してやれ」

「では、ほどほどに」

「わかっておるわ」

金兵衛や若い衆がついている。半兵衛は大丈夫だろう。

「さ、旦那方、こっちです」

仙三に導かれ、三人は裏門へ向かった。

虎之介は三左衛門を背負い、しんがりから半四郎がつづく。

裏門から外へ飛びだすと、深い闇が待っていた。

八

飛びだした裏手は袋寺町《ふくろてらまち》と称する物淋しいところで、堀川に沿って一本道が東南に延びている。

突如、闇が動いた。

「ぬえっ」

先導役の仙三が呻いた。

人影に襲われ、ばすっと袈裟懸《けさが》けに斬られたのだ。

「仙三、どうした」

半四郎は抜刀し、駆けよるや、正面の人影を両断する。

刹那、怪しい人影は左右に分かれ、半四郎に挑みかかった。

「ふたりだぞ」

虎之介の背中で、三左衛門が叫ぶ。

刺客の正体は、ヤモリとイカルにちがいない。

仙三はとみれば、どうやら、まだ生きている。

虎之介も三左衛門を降ろし、長尺刀を抜いた。

「ぬりゃお」

刃と刃が弾け、激しく火花が散った。

が、相手のすがたは見定められない。

闇を相手に闘っているようなものだ。

三左衛門は這いつくばり、仙三のもとへ近づいた。

「おい、生きておるか」

「へ、へい。傷は浅《あせ》えようで」

「どれ」

なるほど、傷は浅い。

イカルが手加減したのだ。

三左衛門は帯を使い、止血の手当をしてやった。

「す、すまねえ。旦那」

「それはこっちの台詞だ」

蔵から救われずにいたら、朝まで命は保たなかったであろう。

ほっと胸を撫でおろしたとき、半四郎の刃が一閃した。

「くっ」

不覚をとったヤモリは深手を負い、堀川に身を投げる。

虎之介に対していたイカルもこれを追い、堀川に飛びこんだ。

水嵩《みずかさ》は膝下までしかない。

イカルはヤモリを背負うと、水飛沫《みずしぶき》をあげながら駆けだした。

「逃げやがった。やれやれ、とんでもねえ歓迎だぜ」

半四郎は唾を吐き、刀を鞘におさめた。

すると、こんどは一本道の向こうから、駕籠の一団がやってきた。

「控えい、控えい」

大音声《だいおんじょう》を発する厳《いか》つい供侍《ともざむらい》は、今堀源之進にほかならない。

「あの野郎、戻ってきやがった」

半四郎は舌打ちをし、仕舞った刀をまた抜いた。

駕籠のなかには、深川の洲崎から戻った留守居役が乗っている。

今堀もふくめて、供侍は五人もいた。

いずれも、剣におぼえのありそうな面構えだ。

「虎之介、決着をつけるしかねえな」

「のぞむところです」

半四郎は唇を舐め、虎之介も身構えた。

三左衛門も加勢したいところだが、四肢がまともに動かない。

下手に動けば、足手まといになるだけだ。

仙三ともども、静観するしかなかった。

「虎之介、手っ取り早く始末をつけるぜ」

「はい」

火が消しとめられれば、屋敷の内から番士たちも馳せ参じる。

そのまえに、かたをつけねばならぬ。

「賊どもめ。逃しはせぬぞ」

今堀も三尺に近い刀を抜き、大股で近づいてくる。

三人の用人がこれにつづき、一斉に刀を抜きはなつ。

「ほわあああ」

今堀は雄叫《おたけ》びをあげるや、猛然と駆けだした。

眼前で土を蹴り、真っ向から斬りおろしてくる。

「うぃやっ」

半四郎はこれを十字に受けたが、勢いに押され、踵《かかと》がずずっと滑った。

「とったぞ」
鋭い二の太刀が伸び、半四郎の利き腕を浅く削る。
「ぬお」
すかさず、弾きかえした。
二の太刀が突きでなければ、腕を失っていたかもしれない。
だが、太刀ゆきを振りかえる暇はなかった。
「ぎぇっ」
声を発したのは、虎之介に深手を負わされた供侍だ。
虎之介は別の供侍と刃を重ね、鍔迫《つばぜ》りあいに持ちこまれている。
三人目の供侍は今堀を助け、手負いの半四郎に斬りかかっていった。
半四郎は何とか一撃を躱《かわ》したが、不利であることに変わりはない。
四人目の供侍だけは、じっと動かずに駕籠を守っている。
駕籠の住人は閉じこもったまま、息継ぎひとつ漏らす気配もない。
三左衛門は身じろぎもせず、手練《てだ》れ同士の死闘を睨みつづけた。
今動けば、やはり、手もなくやられるだろう。
屈強な連中だ。

半四郎も虎之介も、活路が見いだせずにいた。

と、そのとき。

「ぬぎゃっ」

駕籠のほうから、断末魔《だんまつま》の声が響いた。

敵も味方も、みなが一斉に振りむく。

血を噴いたのは、四人目の供侍だった。

背後の暗闇から、大柄な男が近づいてきた。

願人坊主《がんにんぼうず》のような五分刈り頭で、右足を引きずっている。

正体は、すぐにわかった。

「ひょ、兵藤平九郎か」

まっさきに、今堀が発した。

三左衛門は身を乗りだし、大きな人影を睨みつけた。

兵藤は血の滴る刀を提げ、ゆっくり間合いを詰めてくる。

今堀に対峙し、重々しく口をひらいた。

「おい、おぬしの相手はこっちだろう」

「ふん、のこのこ出てきよって。捜す手間が省けたわ」

半四郎と虎之介は、どうにか供侍を斥《しりぞ》けた。

荒い息を吐きながら、今堀の背後にまわりこむ。

兵藤が、野太い声を発した。

「手出しは無用に願おう」

半四郎と虎之介は無言でうなずき、結界《けっかい》の外へ後じさる。

三左衛門は、今堀と兵藤の闘いを刮目《かつもく》した。

かたや甲源一刀流の免許皆伝、かたや卜伝流の遣い手、得意技の胴斬りと兜割《かぶとわ》りの勝負になるのだろうかと、心の片隅で名勝負を期待しながら推移を見守った。

双方は無言で間合いを詰め、相青眼《あいせいがん》に構えた。

今堀が下段に切っ先をさげると、兵藤は呼応するように肘を高く持ちあげ、大上段に構えた。

月は兵藤の背にあり、まっすぐに伸びた刀で串刺《くしざ》しにされたかにみえる。

それを凶兆《きょうちょう》と感じたのか、今堀が先手を取った。

「つおっ」

柄頭《つかがしら》を相手にみせる恰好で迫り、下段から弧を描くように薙ぎあげる。

「ほあっ」

兵藤は躱しもせず、厚鋼《あつがね》の刃を振りおとした。

「うくっ」

今堀の刃が、兵藤の肩口に食いこむ。

と同時に、凄まじい血飛沫《ちしぶき》が噴きあがった。

「へぎっ」

今堀源之進の頭蓋が、縦にぱっくり割れている。

念を込めた兵藤の兜割りが、太刀ゆきの捷《はや》さで勝った。

鮮血は一間余りも噴きあげ、兵藤の全身を返り血で染めた。

「くそたわけめ」

兵藤は、斬られたほうの袖を引きちぎった。

肩と腕に、鉄板を巻いている。

今堀の初太刀を読みきっていたのだ。

兵藤は血振りを済ませ、背中を向けた。

「待て、待ってくれ」

三左衛門の呼びかけに、振りむこうともしない。

「何か用か」

「その言いぐさは何だ。少しは心をひらけ」

「心をひらけば、何かよいことでもあるのか。おぬしには手を引けと言ったはずだ」

「いまさら、できるか。このなりをみろ」

三左衛門は、ふらふらと歩きかける。

兵藤は太い首を捻り、にっと白い歯をみせた。

「惨《みじ》めなもんだ。ずいぶん責められたな」

「ほれ、右足の甲は、砕かれておらぬぞ」

「それは、おぬしが切支丹でないからさ」

「三年前、踏み絵を踏まされたのか」

「さよう。わしは転んだ。転んで生きのびた。どのような言い訳も通用せぬ。仲間は許しても、あの方は許すまい」

「あの方を、信じておるのだな」

「さあ。おぬしに答える気はない」

「静香どのと絹どのは、敵の掌中にある」

「だから、何だ」

「救いださぬのか。わしらも助太刀いたそう」

「おぬしは別にしても、そっちの十手持ちは信用できぬ」

顎をしゃくられた半四郎は、わけのわからぬことを口走った。

「おい、耳をほじってようく聞け。おれはな、そんじょそこらの十手持ちたあ、ちょいとちがうぜ。なにせ、ドクトール・シーボルトの手を握った男だからな。やい、信用しやがれ」

「ふん、たわけめ」

兵藤は莫迦《ばか》にしたように笑い、背を向けて遠ざかった。

気づいてみれば、留守居役を乗せた駕籠も消えている。おそらく、兵藤の仲間が日置主水之丞の身柄を奪ったのであろう。

するとそこへ、何も知らない番士たちが夕月楼の若い衆と肩を組みながらあらわれた。

「火は落ちたぞ。手柄じゃ、手柄」

半兵衛も番士たちの御輿《みこし》に担がれ、得意満面の様子でやってくる。

「おぬしら、まだそんなところにおったのか」

煤《すす》だらけの皺顔が、三左衛門たちの湿った心に涼風を吹きこんだ。

九

今堀源之進は討たれ、留守居役の日置主水之丞は拐かされた。

仙波弥一郎は後ろ盾を失い、奉行所内でもびくついている。

半四郎は、役目を終えて帰路につく仙波を追った。

本材木町《ほんざいもくちょう》から海賊橋《かいぞくばし》を渡ったさき、八丁堀に通じる坂本町《さかもとちょう》の辻陰に、町娘たちが避けて通る厠があった。

仙波は洲崎の料理屋で接待を受けて以来、腹の調子が芳しくない。じつは、雪乃に腹下《はらくだ》しの薬を服《の》まされていた。もちろん、まるで、おぼえはなかった。

仙波は奉行所内でも、何度となく厠に立った。

坂本町の厠にも立ち寄るものと踏み、半四郎は追ってきたのだ。

案の定、仙波は辛そうな顔で腹を押さえ、厠に駆けこんでいった。

「莫迦なやつめ」

半四郎はにやりと笑い、鼻を摘《つま》みながら近づいた。

外からでも、与力が屈んでいる様子はみえる。

「もし、どういたしました」

「ん」

用を足しながら、仙波はげっそり窶《やつ》れた顔を向けた。

「寄るな。きさま、何やつじゃ」

「廻り方の八尾でござる。市中見廻りの最中でして」

「おう、八尾か。何用じゃ」

「何やら、苦しそうですな」

「余計なお世話だ。向こうへ行け」

「腹のなかをぶちまけてしまえば、すっきりいたしますぞ」

「みてわからぬか。ぶちまけておるわい」

「ぬふふ」

「何が可笑《おか》しい」

問われて半四郎は、真剣な顔になった。

「仙波さま。包みかくさず、罪を告白なされませ」

「何のはなしだ」

仙波は懐紙で尻を拭きそこね、指に糞《くそ》を付けてしまう。

半四郎は苦い顔で、浅草紙《あさくさがみ》を手渡した。

「新宮藩とのことですよ。抜け荷で甘《うま》い汁を吸っておられたのでしょう」

「な、な、何のはなしじゃ」

「ご案じめさるな。拙者は仙波さまのお味方です。さあ、指の糞を拭いて、告白しなされ。さすれば、抜け荷の一件には目を瞑《つむ》りましょう」

「ま、まことか」

「嘘は申しませぬ。拙者も、おこぼれに与《あず》かりたいので」

「なるほど、そういうことか」

仙波は拭きとった指の臭いを嗅ぎ、うえっという顔をする。

「で、何が聞きたい」

「単刀直入にお聞きしましょう。抜け荷の黒幕は誰です」

「知らぬ」

仙波はきっぱり言い、着物の帯を締めなおす。

半四郎は、ぐっと顎を突きだした。

「それなら、お白洲《しらす》で吐いていただきましょうかね」

「何だと。わしが関わっているという証拠でもあるのか」

「いくらでもございります」

「みせてみろ」

「では、これに見覚えは」

半四郎は懐中に手を入れ、親指大の飴玉を取りだした。

「何じゃ、それは」

「文鎮《ぶんちん》でござる。ふふ、お察しのとおり、ただの文鎮ではござらぬ。ご禁制の竜涎香でつくった文鎮でしてな」

「し、知らぬ。竜涎香など、わしは知らぬぞ」

「この文鎮、殺された阿蘭陀屋吉兵衛の寝間でみつけました。文箱のなかに納めてありましてな、文箱には裏帳簿も納めてござった。裏帳簿を捲《めく》ってみれば、どこの誰それにいくらと、賄賂《まいない》の送り先が事細かに記されてありました。賄賂の額がもっとも多い人物は、誰だとおもわれます。何と、仙波さまでございました」

「なに」

「あ、いや、ご心配にはおよびませぬ。裏帳簿のことは、誰にも口外しておりませぬゆえ」

「賄賂など、与力なら誰でも貰っておるわ」

「ところがどっこい、仙波さまのはただの賄賂ではない。三年前、奉行所内で薬種品の抜け荷が取り沙汰された際、吟味方与力のお手前は、首謀者と目《もく》された阿蘭陀屋吉兵衛の罪を見逃しましたな。その報酬として、一千両もの報酬を得ていた。阿蘭陀屋との付き合いは、そのころからでしょうか」

ほんとうは裏帳簿など存在せず、すべては雪乃から得た情報だった。

それとはつゆ知らず、仙波弥一郎は真っ青な顔で震えている。

「証拠ならいくらでもござる。さあ、黒幕の名を吐きなされ」

「わ、わかった。黒幕は紀州藩の大目付」

「江頭源丞でござるか」

「い、いや。わしが知っておるのはそこまでだ。江頭のうえに、もうひとりおるらしい。紀州藩の次席家老だ。何人かおるうちのひとりと聞いたが、誰かは知らぬ」

「次席家老の名を知らぬとは、残念ですな」

「待ってくれ。黒幕が誰かは知らぬが、連中はとんでもないことを考えておるぞ」

「ほう、どのような」

「やつらの狙いは、隠れ切支丹だ。紀州に関わりのある江戸の切支丹を根絶やしにするべく、血眼《ちまなこ》になって探索をつづけておった。そして、ついに、切支丹の根城を突きとめたのよ」

「ほほう」

「聞いて驚くなよ。根城とはな、本石町の長崎屋だ」

「まことですか」

正直、半四郎は仰けぞるほど驚かされた。

「カピターンの随員は百人からおる。そのうちの半数は隠れ切支丹でな、紀州が捜しておる者たちも紛れこんでいるらしい。わしも日置主水之丞から聞いたときは、耳を疑ったわ。されどな、考えてみれば、カピターンのお膝元ほど安全なところもなかろうが」

「ふうむ」

半四郎は唸った。

仙波は、ひきつった笑みを浮かべる。

「八尾、おぬしにだけ、こっそり教えてやろう」

「何です」

「柏木陣内の飼い犬どもが、近々、隠密裡《おんみつり》に長崎屋を襲う」

「何と」

「鉄砲組もふくまれておるらしい。前代未聞の惨事となろう。カピターンを巻きこんででも、やつらは切支丹を根絶やしにしたいのだ」

自分たちの犯した罪を隠蔽するには、荒っぽい手段を講じるしかない。常軌《じょうき》を逸《いっ》した決断というしかなかった。

「いつです。決行のときは」

「三日後の深更、みなが寝静まった子《ね》ノ刻（午前零時）だ」

「仙波さまは、どうなさる」

「どうもせぬさ」

「カピターンが巻き添えになったら、蘭国相手にいくさが勃発するかもしれぬのですぞ」

「大袈裟《おおげさ》な。カピターンなど、いくらでも替えがおる。いざとなったら、金で解決できるわ」

「あくまでも、知らぬ存ぜぬで通すわけですな」

「偉そうなことを抜かすな。おぬしにしたって、何もせぬであろうが。甘い汁のおこぼれに与るのであろう。ん」

半四郎は重い溜息を吐き、竜涎香の文鎮を口に放りこんだ。

「うわっ、何をする」

「これは目黒不動《めぐろふどう》に詣でた際、土産《みやげ》に貰った飴でね。仙波、てめえみてえな悪党は糞溜《くそだ》めに首を突っこんだほうがいい」

「何だと」

「ま、与力の意地もあろうから、腹を切れ」

「な、はなしがちがうぞ。抜け荷の罪には目を瞑ると申したではないか」

「罪状は公言せぬと言ったまで。自責の念があるなら、自分の手で悪事の始末をつけろ」

「くっ、謀《はか》りおったな」

仙波は刀を抜いた。

半四郎も抜刀し、抜き際の一刀で胸乳《むなぢ》を裂いた。

「おのれ」

仙波は驚いたように、自分の胸をみつめた。

大量の血を吸った着物の重みに抗しきれず、顔から糞溜めに落ちていく。

糞を食らうような恰好で俯せになり、しばらくは四肢を痙攣《けいれん》させていたが、すぐに動かなくなった。

「素直に腹を切ればよいものを」

半四郎は捨て台詞を残し、厠に背を向けた。

十

名村八太郎がお茶を持ってやってきた。

「これはこれは、通詞みずから、あい済みませぬ」

原木軍太夫は横幅のあるからだを縮め、済まなそうにお辞儀をする。

堅物の小心者と陰口を叩かれる南町奉行所の与力が、カピタンを守る捕り方の陣頭指揮を執っている。

半四郎は関心なさそうにふるまい、なるべく名村をみないようにした。

随員の半数が切支丹という仙波の言を信じれば、名村も切支丹でないとはいいきれない。疑いの目を向ければ、相手も鋭敏に察し、気まずい空気が流れる。気まずいだけならよいが、原木に勘ぐられる恐れもあった。鈍いようにみえて、この与力、存外に鋭いところもあるのだ。

切支丹の件に関しては、まかりまちがっても気取《けど》られてはならない。

「八尾よ、賊の狙いが今ひとつわからぬ。長崎屋が賊に襲われるという訴えがあったとは申せ、それを鵜呑《うの》みにし、わしは五十有余名の捕り方を連れてきた。訴えが偽りであったら、おぬしを信じたわしの面目は丸潰れじゃ」

「五十でも足りなかったかもしれませぬ。なにせ、相手はただの盗人にあらず。狼のごとき浪人どもが徒党を組み、大挙して襲ってくるとの訴えですからな」

「なるほど、物騒な世の中ではあるがな、食い詰め浪人どもが大挙して打ち毀《こわ》しをやったというはなしは聞かぬ。それに、なにゆえ、商家の米蔵ではなしに異人宿を襲うのだ」

「さあ、拙者にはいっこうに」

「わからぬか。無理もない。おぬしは一介の廻り方だからな」

「いずれにしろ、賊は鉄砲を備えておるとのこと。看過《かんか》できますまい」

「そこよ。わしが懸念いたすのは。牛込の根来組から長筒《ながづつ》三十挺が盗まれたというはなし、それはまことなのか」

「隠密の調べでは、確からしいと」

「隠密とは、楢林雪乃とか申すおなごのことであろう」

「いかにも。ただのおなごではござりませぬぞ」

「わかっておる。御奉行の命を受け、あらゆる難事を解決に導いた手腕、おぬしの口から耳に胼胝ができるほど聞いたわ」

「長筒を盗まれた件が発覚すれば、鉄砲組の組頭はじめ大勢が腹を切らねばなりませぬ。根来組を糾《ただ》したところで非はみとめぬでしょう」

「今いちど聞くが、訴人は信用できるのであろうな」

「再三申しあげますが、拙者が従前から手懐《てなず》けておった小者にござります。手傷を負ってまで、賊の不穏な動きを報せにまいったのですぞ」

「ふむ、わかった。ただ、繰りかえすようじゃが、何も起こらなんだら、わしが大恥をかくことになる。これだけの捕り方を連れてまいったのじゃ。余分な手当も掛かっておる。御奉行にも首尾を申しあげねばならぬし、カピターン殿にも無駄に騒がせたことの詫びを入れねばならぬ。ふう、考えただけでも頭が痛い。何か起こってもまずいが、何も起こらないのはもっとまずい。何も起こらねば、吟味方筆頭与力の座も泡と消えてしまうわ」

「逆しまに申せば、今宵の手柄が筆頭与力への近道かと」

「それはわかっておる。じゃがな」

原木は仕舞いにはひとりごとのように、ぶつくさと文句を並べては、溜息ばかり吐いている。

半四郎は適当に相槌《あいづち》を打ちながら、露地の向こうをじっとみつめた。

そこには闇しかない。

長崎屋は袋小路に建っており、賊を深く誘いこむのにはもってこいの場所だ。籠城戦《ろうじょうせん》にもちこみ、誘いこんで叩くのであれば、相手より少ない数で済む。

鉄砲は威しの効果しかもたらさぬといったのは、軍師気取りの半兵衛だった。敵は鉄砲で威嚇《いかく》したあと、かならず、抜刀組を殺到させるだろう。そして、仕上げに火をかける。一般の町人と明確に区別できない切支丹を根絶する手段はひとつ、宿ごと焼いてしまうしかない。

半兵衛の指摘はもっともだ。

抜刀組を返り討ちにし、機先を制するしかない。

しかし、原木率いる捕り方には気のゆるみがあった。及び腰の連中をみていると、とても頼りになるとはおもえない。露地の二カ所には馬防柵《ばぼうさく》を設けておいたが、それとて気休めにすぎなかった。

「頼りになるのは、こいつだけか」

半四郎は、腰に差した刀の柄を握りしめた。

そこへ、シーボルトが名村をともなって、ひょっこり顔を出した。

「ご苦労さまです」

碧眼《へきがん》の大男が親しげな笑みを浮かべ、捕り方の労をねぎらう。

ことばを掛けられた原木は感激し、声をひっくり返した。

「拙者、一命を賭して、カピターン殿をお守りいたす所存でござる。大船に乗ったおつもりでお休みあれ。もはは、もははは」

鼻の孔をおっぴろげ、豪快さを装って笑う。

シーボルトは横を向き、半四郎に微笑んだ。

何事かを早口で喋り、名村も急いで通訳する。

「あなたとは縁がある。今夜のことが無事に済みましたら、是非いちど長崎へお越しください。鳴滝塾あげて、あなたを歓迎いたします」

「ありがとう」

と、シーボルトが右手を差しだす。

毛むくじゃらの手を握ると、痛いほど強く握りかえしてきた。

ひょっとしたら、シーボルトはすべてを知っているのかもしれない。

切支丹のことも、抜け荷のことも、敵の正体さえも、見破っていながら、自分のようなものに、だいじな防《ふせぎ》を委《ゆだ》ねているのだ。去っていく大きな背中をみつめ、半四郎はそうした疑念にとりつかれた。

──火の用心。

やがて、拍子木の音が遠くで鳴った。

つづいて、鐘の音がやけに大きく響いてくる。

「子ノ刻だ」

原木がこぼす。

そのとき、炒《い》り豆《まめ》が弾けたような、乾いた筒音が闇に響いた。

十一

筒音が、そこらじゅうで弾けている。

もはや、乱れ撃ちだ。

「ふわあああ」

地鳴りのような喊声《かんせい》とともに、抜刀組が迫ってくる。

いずれも鎖鉢巻《くさりはちまき》を締め、鎖帷子《くさりかたびら》を身につけていた。

雇われた浪人とはいえ、選りすぐりの手練れなのだ。

しかも、餓《う》えている。飯をたらふく食いたがっている。

飯のために命を賭けようとする者たちを侮《あなど》ってはいけない。

出世や矜持《きょうじ》のために闘おうとする連中よりも始末がわるい。

どっちにしろ、中途半端な闘い方の通用しない相手だ。

斬るか斬られるか、ふたつにひとつしかなかった。

「原木さま、原木さま」

血だらけの小者が、飛びこんでくる。

「馬防柵を破られました」

いまや、袋小路の道は死屍累々《ししるいるい》といった状況らしい。

「わしがまいる」

半四郎は襷掛《たすきが》けをし、口に水をふくむや、ぶっと柄に吹きかけた。

「おい、八尾、もう行くのか」

「は。出鼻を挫《くじ》くのが肝要かと」

「わかった、存分にやってこい」

骨は拾ってやるとでも言わんばかりに、原木は涙目で激励《げきれい》する。

性質がよいのか、ただの小心者なのか、こうなると判別は難しい。

しかし、人間の本性は修羅場《しゆらば》に立ったときにこそわかる。

今が、半四郎の修羅場だった。

「くわっ」

潜り戸を開け、外へ躍りだす。

鬼の形相をした連中が、待ちかまえていた。

「それい、同心だぞ」

誰かが叫ぶや、一斉に斬りかかってくる。

「ぬりゃお」

半四郎も抜刀し、先頭のひとりを袈裟懸けに斬った。

血飛沫が舞い、苦い血の味が舌を痺《しび》れさせる。

「ここからさきは、誰ひとり通すわけにゃいかねえ」

半四郎は白刃を角《つの》のように掲げ、低い姿勢で駆けだした。

「とあっ」

地を蹴り、大上段から斬りおとす。

「そいっ」

臑《すね》を払い、胸乳を裂き、みずからも血達磨《ちだるま》になって敵中に躍りこむ。

抜刀組は怯んだかにみえたが、それも一瞬のことだ。

三十人余りが束になって、猛然と襲いかかってくる。

「はうっ」

後ろをみても、ついてくる者はいない。

小者たちはみな、戸口の向こうで震えている。

原木は沈黙を守ったままで、指示もしなければ、叱咤《しった》さえしない。

命のやりとりなど、まともにやったことのない連中なのだ。

「くりゃっ」

横合いから、肩口を浅く斬られた。

真正面から、敵が奔流《ほんりゅう》となって殺到する。

「くそったれ」

さすがの半四郎も、死を覚悟した。

そのとき。

宿の脇道から、人影がひとつ飛びだしてきた。

「八尾さま、助太刀いたす」

虎之介だ。

長尺刀を抜き、やにわに、ふたりを斬りふせた。
「ふはは、虎之介、遅いぞ」
「申し訳ござらぬ」
ふたりの手練れは、鬼神のはたらきをみせた。
しかし、敵はがむしゃらにかかってくる。
斬っても、斬っても、ここが死に場所と定めた足軽のように刃向かってくる。
袋小路のどんつきが、まるで、関ヶ原《せきがはら》に変わったかのようだ。
ふたりは、どんどん押されていった。
それでも、原木はいっこうに動かない。
「くそっ、きりがねえ」
敵のうち何人かが、戸口へ迫った。
――びゅん。びゅん。
弦音《つるおと》とともに、ふたりが同時に斃《たお》れる。
軒を仰げば、人影がひとつ蹲《うずくま》っていた。
捕り方ではない。
――びゅん。びゅん。

雄々しく重籐《しげとう》の弓を引くのは、雪乃であった。

片膝立ちで矢を放ち、抜刀組の勢いを止めている。

すると、抜刀組の背後に控える鉄砲組が押してできた。

「撃てぃ……っ」

無数の鉄砲玉を浴びせられ、雪乃は軒先から転げおちる。

「うわっ、大丈夫か」

半四郎が駆けよった。

「これしきのこと、平気です」

雪乃に怪我はない。

それどころか、腰の刀を抜きはなち、たちまちに三人を斬りたおした。

屍《しかばね》は累々と築かれたが、それでも敵は退かない。

「原木さま、原木さま」

半四郎が援軍を呼んでも、原木は沈黙を守ったままだ。

飛びだしてくるどころか、内側から扉を閉じてしまった。

「いやあああ」

敵は最後の力を振りしぼり、牙《きば》を剝いてくる。

と、そこへ。

闇を切り裂き、とんでもないものが飛来した。

野太い長柄に鋭利な先端、銛《もり》である。

それも、一本や二本ではない。

袋小路の狭間《はざま》という狭間から、たてつづけに投擲《とうてき》され、敵の抜刀組は銛の餌食《えじき》になってゆく。

さすがに、これは効いた。

「退け、退け」

生きのこった連中が尻をみせる。

褌《ふんどし》一丁の男たちが銛を掲げ、追いかけていった。

「ぬわあぁ」

どこにこれだけの数が隠れていたのだろうか。

二十人はいるだろう。

筋骨隆々とした逞《たくま》しい男たちは、漁師のようだった。

それも、ただの漁師ではない。鯨を獲《と》る漁師たちだ。

眸子を剝き、吼《ほ》えあげ、一気呵成《いっきかせい》に追いたたててゆく。

文字どおり、鯨を追いたててゆくかのようだった。

「退け、退け」

敵は、潮が退くようにいなくなった。

ここにいたってようやく、様子見を決めこんでいた捕り方が飛びだしてきた。

「抗う者は斬ってすてよ。構わぬ、存分にはたらけ」

陣笠をかぶった原木もあらわれ、偉そうに指示を繰りだしている。

「阿呆め」

半四郎は毒づいた。

着物はぼろぼろで、随所に手傷を負っている。

虎之介も雪乃も、似たり寄ったりの恰好だった。

三人のもとへ、銛を提げた漁師たちがやってくる。

「感謝いたします。あなた方三人のおかげじゃ」

みな、口々に礼を言った。

「ふはは、なんの」

半四郎は笑った。

腹の底から、難敵を防ぎきったという誇らしさが湧きあがってくる。

戸口をみやれば、シーボルトとカピタンのスチュルレルが並んで立っていた。

カピタンは腰の西洋刀を抜き、額《ひたい》のまえに立ててみせる。

謝意を表したのだろう。おそらく、西洋の騎士道に則《のっと》った礼にちがいないと、半四郎は理解した。

「そのとおり」

かたわらの雪乃が、微笑んでみせる。

それだけで、救われた気分になった。

「あとは仕上げをご覧《ろう》じろ、か」

虎之介は顔を引きしめ、刃こぼれの激しい刀を仕舞った。

十二

芝新網町《しばしんあみちょう》、紀州藩蔵屋敷。

新堀川《しんぼりがわ》が江戸湾へ注ぐ落ち口に近いあたりに、紀州藩の広大な下屋敷がある。

下屋敷の海岸寄りには、舟寄せを備えた蔵屋敷が軒を並べ、地元紀州からの米《べい》穀《こく》や特産物の荷揚げがおこなわれていた。

日中は活気のあるところだが、夜ともなれば物淋しい。

番士による夜廻りも、半刻（一時間）に一度がよいところだろう。

寄せては返す波音だけが聞こえてくる蔵屋敷のひとつに、ぽつんと灯りが点いた。

「差配役さま、差配役さまはおられますか」

「ここにおる」

声のするほうをみやれば、柏木陣内がまんじりともせずに正座し、吉報を待っていた。

「首尾は」

「不首尾であったと」

「ふん、さようか」

配下から一報を受けた途端、みるまに柏木の顔は唐辛子色《とうがらしいろ》に染まった。

「さがってよい」

「は」

しんとした静けさのなかに、舌打ちが響いた。

「ちっ、しくじるとはな」

長崎屋を宿ごと潰し、仕上げに火を放てと申しつけておいたが、事はおもいどおりにはこばなかった。

無論、我が身と紀州藩には災厄がおよばぬように配慮してある。長崎屋へ向かわせた連中はみな、金で雇った浪人者だし、こちらの素姓も明かしてはいない。

「ちと、早まったか」

功を焦りすぎたのかもしれぬ。

切支丹狩りに目処《めど》がつけば、かねてからの念願であった目付への昇進を約束されていた。

「ふん、人間、欲をかきすぎると、ろくなことはない」

当面は自重せねばならぬかと、柏木はおもった。

それにしても、厄介な鼠どもがまわりでうろちょろしている。

なかでも頭痛の種は、兵藤平九郎であった。

隠密として十余年も仕え、数々の難事を解決してきた。

素姓の知れぬところがあったので、信用しきってはいなかったが、最初から切支丹狩りを阻むべく近づいてきたとはおもわなかった。

「まさか、あやつが三泉堂の一子であったとはな」

それと気づいたのは、兵藤が自分で斬った佐久間敬吾を身代わりにして死を装うという姑息《こそく》な手段を講じてからだ。妙だとおもい、じっくり調べさせてみたら、とんでもない素姓がわかった。兵藤が墓穴を掘った恰好だが、刺客を仕向けたところ、予想以上の強靭《きょうじん》さを発揮した。

しかも、新宮藩江戸留守居役の日置主水之丞を人質に取り、小生意気にも交換条件を突きつけてきたのだ。

「妻子の命を救い、なおかつ、切支丹狩りをやめろだと。ふん、くそいまいましいやつめ」

乗る気はない。それを証拠に、長崎屋を襲ってやったのだ。

が、失敗した今となっては、誘いに乗ったふりをするしかあるまい。

抜け荷には、紀州藩の重臣も深く関わっている。すべてのからくりを知る日置を捕らえられたとなると、やはり、どう考えても分が悪い。

抜け荷を摘発する立場の者が、恩恵を享受してきた。そんなことが露見すれば、確乎《かっこ》たる証拠はなくとも、厳しく責任を問われる。隠密御用から外されれば、出世の芽もなくなる。それだけは、何としてでも避けねばならぬ。

さいわい、二段構えの策をとり、兵藤平九郎をここに呼んであった。

定めた刻限は、近づいている。

「イカル、イカルはおらぬか」

呼びかけると、武者隠《むしゃがく》しの間からほっそりした忍びの女があらわれた。

「手負いの父は、いかがした」

「死にましてござります」

「さようか。クチナワも死に、死にぼとけまでも」

「はい」

「わしを恨んでおろうな」

「いいえ」

「嘘を申すな。わしはおぬしに酷な役目を申しつけてきた。日置主水之丞の次男坊と懇《ねんご》ろにならせた件もそうじゃ。父親の日置に、物狂いの放蕩息子をどうにかしてほしいと泣きつかれ、心中にみせかけて葬《ほうむ》ったことも、おぬしはずっと恨みにおもっていたはずじゃ。いいや、おぬし自身のことだけではない。わしはそなたの父から良心を奪い、信仰を奪い、ついには、命をも奪った。このわしを、親の仇とおもっておろうな」

どうしたわけか、柏木はしみじみと漏らし、悲しい目をする。

浜辺に打ちあげられた鯨のような目だなとおもったが、イカルは感情を面《おもて》にあらわさない。

「わしには妻も子もおらぬ。そうしたものは生きるうえで邪魔じゃとおもうて、頑《かたく》なに拒んでまいったのじゃ。されど、おぬしのことだけは、わが娘のようにおもうておる。おぼえておるまい。四つになるまで、おぬしがまだ乳飲み子のころ、このわしが襁《む》褓《つき》を換えてやったのじゃぞ。おぬしはわしの手許におった。そこからさきは死にぼとけに預けたがな、今でも預けたのを悔いることがあるのじゃ。ふっ、気にいたすな。詮無《せんな》いはなしをした」

「ご案じめさるな。この世に生かしていただいたご恩は忘れておりませぬゆえ。それに、死にぼとけを父とおもうたことは、いちどたりともござりませぬ」

「悲しくはないのか」

「いっこうに」

「ふふ」

柏木はいつもの残忍さを取りもどし、ふてぶてしく笑う。

「悲しみも怒りも喜びも、情と名のつくものは持ちあわせぬか。それでこそ忍び。されば、命をつかわす」

「何なりと」

「兵藤平九郎の妻子は、どうしておる」

「座敷牢に」

「殺《あや》めてまいれ。今少しで、兵藤が留守居役を連れてあらわれる。あやつに、ふたりの生首をみせてやるのじゃ。ふふ、怒りにまかせて刀を抜くであろう。隙が生じたところを、わしが一刀で斬りふせてくれるわ。下郎め、飼い犬の分際で主人を謀りおって。償《つぐな》わせてやる。おぬしは、留守居役を斬ってすてよ。もはや、日置主水之丞に用はない。どうした、返事をせぬか」

「はい」

柏木は偉そうな態度から、優しい口調に変わった。

「イカルよ。死にぼとけはなぜ、切支丹仲間を裏切ったとおもう」

「存じませぬ。わたしが生まれる以前のはなしです」

「さよう。なれど、聞くがよい。あやつはな、居場所をなくしておったのだ。わしの影となることで、安住の地をみつけたのじゃ。おぬしもあきらめよ。死にぼとけに拾われたことが不運だったとおもえ」

「お気遣いにはおよびませせぬ」

やがて、待ち人の来訪が告げられた。

しかし、やってきたのは、兵藤ではなかった。

三左衛門である。

柏木は、平静を装った。

「おぬし、いつぞやの浪人か」

「いかにも、悪党の罠にまんまと塡《は》まった愚か者にござる。化けて出たわけではござらぬゆえ、ご安心めされ」

「ふん、何用じゃ。兵藤と留守居役はいかがした」

「まもなく、到着いたしましょう。拙者は先触れにござる」

「おぬし、何を頼まれた」

「なあに。座持ちを少々」

「余興でもいたす気か」

「おのぞみなら、ひとさし舞ってさしあげましょう。それとも、この世の見納めに、茶でも一服進ぜましょうか」

「何だと」

三左衛門は勝手知ったる者のように、ぱんぱんと手をたたいた。

音もなくあらわれたのは、イカルにほかならない。

茶の代わりに、首桶《くびおけ》をふたつ両脇に抱えてきた。

柏木は、わずかにうろたえる。

「イカル、どうしたのだ。呼んでおらぬぞ」

「はい、存じております」

「されば、なにゆえ」

「首級《しゅきゅう》をふたつ、ご覧に入れようかと」

「待て。こやつにみせてもはじまらぬ」

「いいえ。差配役のあなたさまに、是非ともご覧いただきたく」

イカルは返事も待たず、首桶の蓋を取った。

横に並んだ首は、兵藤の妻と娘のものではない。

いずれも、脂ぎった悪相の男だ。

イカルは、淡々と発する。

「向かって右が大目付の江頭源丞さま。そして、左が次席家老の富永弾正《とみながだんじょう》さま。

穴の開くほど、ご覧じあれ。悪党の揃い踏みにござりまする」

柏木陣内はことばを失い、顎をわななと震わせている。

「う、おのれ。裏切ったな」

片膝を立て、腰を捻り、後ろの刀掛けに手を伸ばす。

刹那、脇の襖《ふすま》が蹴倒され、大男が躍りこんできた。

「くりゃ……っ」

一閃、柏木の右腕がぼとりと畳に落ちる。

「げっ……ひょ、兵藤か」

柏木はひっくり返り、口をへの字にまげた。

輪切りにされた腕の切り口からは、血が噴いている。

「な、何ゆえじゃ……イ、イカル」

イカルではなく、兵藤が応えた。

「イカルは転んでおらぬ」

「な、なんと」

「イカルの信仰は鉄よりも固い。殺生《せつしよう》もやらぬ。おぬしを地獄へ送る役目は、わしが引きうけた」

「ま、待て……わしを葬ったとて、切支丹に安息の日が訪れるわけではない……の、のう、手を組まぬか……す、すべてを隠し、共存をはかるのじゃ」

「よく考えてみろ……と、徳川の世がつづくかぎり……お、おぬしらに光は射さぬのだぞ」

「なれば、徳川の世を終わらせるのみ。覚悟」

兵藤は一歩踏みこみ、白刃を斬りさげた。

「んぎゃ……っ」

夥《おびただ》しい鮮血が襖に飛びちる。

三左衛門は身じろぎもせず、刮目《かつもく》しつづけた。

兵藤の刃は、いったい、何に向けられた刃なのか。

世の無常に向けられたものかもしれぬと、そう感じた。

陰惨《いんさん》な結末となったが、これでようやく、一連の出来事にも終止符《しゅうしふ》が打たれるにちがいない。

日置主水之丞は抜け荷に関わった責めを負い、腹を切ることになるだろう。

紀州藩も新宮藩も重臣を失い、しばらくは騒然となるであろうが、傍《はた》からみれば何のことやら憶測するしか方法はなかろう。

すべては闇から闇へ葬られ、切支丹狩りも収束する。

「御免蒙《ごめんこうむ》る」

そうなることを、三左衛門はのぞまずにはいられなかった。

十三

衣替えが済むと、卯《う》の花《はな》を腐らせる雨が降りつづく。

迎え梅雨の鬱陶《うっとう》しい季節となった江戸に、ほっとするような晴れ間が訪れた。

卯月《うづき》は初物で賑わう月でもあるが、何といっても筆頭は初鰹《はつがつお》だ。

おまつはこの日、大枚《たいまい》をはたいて鰹の切り身を求め、清次の門出を祝う宴に花を添えた。

家主の檀那寺《だんなでら》でもある本芝《ほんしば》の正念寺《しょうねんじ》に場所を借り、関わりのある大勢の人々を呼んである。

清次のかたわらには、将来を交わした娘が座っていた。

イカルこと、おとわである。

出逢いは半年前、おとわは死にぼとけの命を受け、カピタンと隠れ切支丹の関わりを探るべく、住みこみの女中に化けて長崎屋に潜りこんでいた。そのとき、阿蘭陀屋の使いとして、ちょくちょく顔を出していたのが清次であった。おたがいに、一目惚《ひとめぼ》れだったらしい。

当初はおたがいの素姓を知らず、純粋に恋心を抱いていた。そして、密かに付き合いはじめたが、おとわが芸者として深川に潜入するに至り、双方の素姓に気づいても、恋情《おもい》が消えることはなかった。消えるどころか、いっそう燃えあがり、ふたりは将来の約束まで交わした。ともに改宗し、ほどなくして、約束を堅固なものとすべく、神デウスの前で十字を切ったのだ。

ふたりはこれより、遠く長崎へ旅立つ。

清次はかねてから希望していた阿蘭陀の医術を学ぶべく、カピタンの一行を追いかけ、シーボルトの鳴滝塾へ向かう。

兵藤平九郎と静香も目をほそめ、ふたりの様子を眺めていた。

娘の絹はおすずを気に入ったのか、隣に座って手を繋いでもらっている。

招かれた者たちの多くは、口にできない秘密を抱えた漁師たちであった。

みな、難事を切り抜けた喜びを、ともに嚙みしめているようだ。

おすずは、数日前に仲の良いふたりのことを知り、ふてくされた。

が、今は心から祝っている。

昨日、人知れず泣いていると、おまつから囁かれた。

「蘭癖菓子屋から、唐渡りの三盆《さんぼん》より、もっと甘いものをいただいたよ。カステーラというのさ。さあ、お食べ。カステーラを食べれば、悲しいことも淋しいことも、みんな忘れられるよ」

おすずはカステラをぱくつきながら、泣き笑いの顔をしてみせた。

三左衛門はその様子を眺め、少しばかり可哀相な気もしたが、長い人生のあいだにはいろんなことがあると、無言でおすずにうなずいてやった。

「おまえさん、めでたいね」

おまつが、鰹の切り身を皿に取りわけてくれた。

「めでたいといえば、蘭癖菓子屋の放蕩息子のことだけど」

「おう、どうなった」

「阿蘭陀屋の我が儘娘を、何と、身請《みう》けしちまったよ」

「ほんとうか」

「嘘のようなほんとうのはなしさ」

阿蘭陀屋は主の吉兵衛と番頭の嘉次郎が不審死を遂げたあと、店をたたまざるを得なくなった。抜け荷に手を染めた噂がひろまったのだ。それに、放蕩三昧《ざんまい》のつけまわしや、吉兵衛の借金も表沙汰になった。

内儀は吉兵衛が抜け荷に手を染めていたことなど、つゆほども知らなかった。

儲けた隠し金の所在も知らず、もちろん、探しようもない。帳簿を繰ってみて気づいたのは、店の台所が火の車ということだった。

吉兵衛は隠し金には手を付けず、ほうぼうに借金をしていたようで、主の死を聞きつけ、さっそく強面《こわもて》の連中があらわれた。無い袖は振れぬと抗っても、まったく通用しない。死人が押印した証文に書いてあるとおり、我が儘娘を借金のカタに取られ、岡場所に売りとばされてしまったのである。

おまつは内儀に泣きつかれ、放っておけない気持ちになった。

はなしが立ち消えになっていた蘭癖菓子屋を訪ね、一世一代の仲人口を利いたのだという。

「へえ、いったいどんな口を利いたのだ」

「女郎に堕ちた商家の娘を、勘当間近の放蕩息子が憐れにおもって身請けする。憐憫《れんびん》はやがて恋にかわり、ふたりは心をすっかりいれかえる。放蕩息子の親も感じ入り、勘当話は立ち消えに。めでたし、めでたし。そんなふうに、世間を泣かせる絵を描いてみませんかってね、旦那に持ちかけたのさ」

「乗ってきたのか」

「一も二もなくね」

縁結びの褒美《ほうび》は甘いカステラ、おすずが涙を流しながらぱくついた代物にほかならない。

やがて、旅立ちのときがきた。

清次とおとわを見送りに、みな揃って東海道までやってくる。

空は快晴、左手には袖ヶ浦の海原が広がっていた。

芝浜の一角が、どうしたわけか、騒がしい。

「何かあったのかな」

みなで目を凝《こ》らしていると、浜辺のほうから綿抜きの黒羽織を靡《なび》かせた同心が駆けてきた。

「おうい、おうい」

半四郎である。

「鯨だ。生きた鯨の親子が泳いできたぞ」

「え、すごい」

おすずと絹が、鉄砲玉のように駆けだした。

大人たちも、ぞろぞろあとにつづく。

「ほうら、おすず、あそこをみてみろ」

半四郎が、遠くのほうを指差した。

「沖で鯨が潮を吹いてらあ」

「ほんとうだ」

おまつが笑った。

「まるで、ふたりの門出を祝いにきたかのようだねえ」

青い空には、つがいの燕《つばめ》が飛んでいる。

「おや、今年も巣に帰ってきたようだ」

帰ってくるものもあれば、旅立っていくものもある。

快晴の芝浜に出会いと別れが交錯し、人々の心を湿らせる。

三左衛門は、誰かの温かい眼差しを感じた。

みやれば、兵藤平九郎と静香が深々とお辞儀をしてみせる。

「よしてくれよ」

照れる三左衛門の袖を引き、おまつは沖を指差した。

「ほら、初鯨がまた潮を吹いた」

何やら、夢でもみているようだ。

海面に突きでた巨大な尾鰭《おびれ》を眺め、三左衛門はそうおもった。

双葉文庫

さ-26-42

照《て》れ降《ふ》れ長屋風聞帖《ながやふうぶんちよう》【十二】

初鯨《はつくじら》〈新装版《しんそうばん》〉

2021年2月13日　第1刷発行

【著者】

坂岡真《さかおかしん》

【発行者】

箕浦克史

【発行所】

株式会社双葉社

〒162-8540 東京都新宿区東五軒町3番28号

［電話］03-5261-4818（営業）　03-5261-4833（編集）

www.futabasha.co.jp（双葉社の書籍・コミックが買えます）

【印刷所】

中央精版印刷株式会社

【製本所】

中央精版印刷株式会社

【フォーマット・デザイン】

日下潤一

ISBN978-4-575-67040-0 C0193
Printed in Japan